Skyler Red

Sexuelles Erwachen

Erotischer Roman

www.blue-panther-books.de

BLUE PANTHER BOOKS TASCHENBUCH
BAND 2205
1. AUFLAGE: JANUAR 2015

VOLLSTÄNDIGE TASCHENBUCHAUSGABE
ORIGINALAUSGABE
© 2015 BY BLUE PANTHER BOOKS, HAMBURG
COVER: COVER: © YURI_ARCURS @ ISTOCK.COM
UMSCHLAGGESTALTUNG: WWW.HEUBACH-MEDIA.DE
GESETZT IN DER TRAJAN PRO UND ADOBE GARAMOND PRO
PRINTED IN GERMANY
ISBN 978-3-86277-477-7
WWW.BLUE-PANTHER-BOOKS.DE

INHALT

1. GratisHure

Meine Ehe hielt nicht lange. Nach nicht ganz zwei Jahren wurde ich dieses langweiligen Egoisten überdrüssig. Am Anfang trug er mich auf Händen, am Ende war ich nur noch seine Putzfrau und Fickstute, die er nahm, wann immer es ihm gefiel. Aber nur so lange er wollte. Auf mich und meine Bedürfnisse nahm er keine Rücksicht. Knapp eineinhalb Jahre lang versuchte ich ihm klarzumachen, dass unsere Ehe auf diese Weise nicht funktionieren könnte. Aber er hörte nicht auf mich. Kurzerhand reichte ich die Scheidung ein und wir waren innerhalb von zwei Monaten geschieden. Mir wurde die Wohnung zugesprochen, er bekam das Gartenhaus und ein paar Ersparnisse. Wir haben uns letztendlich im Guten mit einem Wangenküsschen getrennt.

Nachdem er aus der gemeinsamen Wohnung ausgezogen war, überlegte ich, wie ich mein neues Leben gestalten könnte, sodass es meinem Wesen auch wirklich entsprach. Ich war erst sechsundzwanzig und das Leben lag noch vor mir. Ich wollte etwas daraus machen, hatte aber noch keinen Plan, was.

Also holte ich mir ein Glas Orangensaft, ein großes Blatt Papier sowie einen Kugelschreiber. Die Stereoanlage drehte ich ab, damit ich mich ausschließlich meinen Gedanken widmen konnte.

Nach längerem Überlegen hatte ich ein paar Dinge aufgeschrieben, die ich ausprobieren wollte. Als Erstes war es sicher klug, mir einen neuen Freundeskreis zu schaffen, denn all jene Freunde, die ich hatte, waren eigentlich die meines Exmannes. Und wo findet man am besten neue Freunde? In einem Sprachkurs. Spanisch hatte mich schon immer interessiert und ich fragte bei einigen Sprachinstituten nach, ob sich denn auch Leute in meinem Alter unter den Schülern befanden. Nach ein paar Anrufen wählte ich ein Institut, das mir am geeignetsten erschien und zwei Tage später war ich dort.

Der Kurs umfasste sieben Männer sowie vier Frauen. Die meisten davon waren in meinem Alter. Mit viel Enthusiasmus stürzte ich mich in die Menge und lernte die neuen Mitstreiter kennen. Unser Lehrer, ein circa vierzigjähriger großer, schlanker Mann, war streng aber auch freundlich. Nach der dritten Stunde sprach er mich auf meinen eigenartigen Akzent an, den ich seiner Meinung nach in der spanischen Aussprache hatte. Ich konnte ihn mir auch nicht erklären.

»Darf ich kurz etwas an Ihrem Hals und am Kiefer überprüfen?«, fragte er und sah mich forschend an.

Stumm nickte ich und ließ es zu, dass er sich hinter mich stellte und beides abtastete, während ich bestimmte Laute zu sagen hatte.

Nach kurzer Zeit allerdings änderte sich die Art, wie er die Finger über meinen Hals bewegte. Er streichelte meinen Nacken, massierte mich ganz leicht hinter den Ohren und hauchte heiße Küsse auf meine rechte Schulter, von der er die Bluse ein klein wenig weggeschoben hatte. Wohlige Wärme durchflutete meinen Körper und ich verlor mich in den weichen Wolken seiner Berührungen. Mit geschlossenen Augen ließ ich ihn mit seinem Mund meinen Nacken erforschen, meinen Hals, meine Lippen. Zärtlich küsste er mich und knöpfte meine Bluse auf. Irgendwo im hintersten Winkel meines Denkens sagte mir eine kleine Stimme, dass sich das nicht gehöre, doch ich blendete sie aus und genoss die unheimlich zärtlichen Berührungen des fremden Mannes. Viel zu lange hatte ich diese Zärtlichkeit schon vermisst und wollte sie nun auskosten.

Langsam streifte er die Bluse ab und ließ sie einfach zu Boden gleiten. Seine Hände erforschten zärtlich und zugleich begierig meine festen Brüste. Seine Zunge umspielte meine inzwischen hart gewordenen Nippel und den hellen Warzenhof, der sich ebenfalls lüstern verhärtete. Seine Hände umflossen mich wie eine warme Decke und ließen meinen Atem schneller und tiefer werden.

Langsam führte er mich ans Lehrerpult, drehte mich um und drückte sanft meine Hände nach hinten, sodass ich mich auf der Tischplatte abstützen konnte. Mit leicht nach hinten gebeugtem nacktem Oberkörper genoss ich weiterhin die sanften Berührungen und nahm nichts mehr wahr, was rund um mich geschah. Als er den Reißverschluss meiner Hose öffnen wollte, hielt er kurz inne, als wollte er stumm fragen, ob das in Ordnung sei. Es war in Ordnung und ich ließ ihn gewähren.

Langsam schälte er mich aus meinen engen Jeans, küsste Zentimeter für Zentimeter die Innenseiten meiner schlanken Oberschenkel bis hin zu meinen offenen Sandalen. Als er mir die Jeans von den Füßen streifte, küsste er leidenschaftlich meine Zehen, was mir zusätzliche Schauer über den Körper jagte. Schwer atmend und völlig bewegungslos lehnte ich an dem Pult und genoss diesen Mann in vollen Zügen.

Er schlängelte seine Zunge an meinem rechten Oberschenkel entlang, während er mein linkes Bein langsam und behutsam auf den Tisch stellte. Erst jetzt bemerkte ich, dass er mir den Tanga gleich mit den Jeans ausgezogen hatte. Ich spürte eine kühle Brise auf meiner heißen Scham und registrierte nur am Rande, dass es die Feuchtigkeit war, die sich bereits zwischen meinen Beinen gebildet hatte.

Doch kaum wurde mir dies bewusst, spürte ich bereits seine weiche, heiße Zunge an meiner Lustgrotte und an meinem Kitzler. Zuerst zaghaft, zurückhaltend, dann fordernder, leidenschaftlicher. Lustvolle Wogen brachen über mich herein und ich warf mit hörbarem Ausatmen den Kopf nach hinten. Nun wurde seine Zunge wilder, kreiste heftig um meine Lustperle, während er mit den Fingern zart meine Scham spreizte.

Gierig wippte ich mit dem Becken vor und zurück, um noch mehr von seiner fantastischen Zunge zu spüren zu bekommen. Ich atmete tief, stöhnte und war bereits dem Höhepunkt nahe, als seine Finger meine Scham verließen und die Zunge immer langsamer wurde, bis sie sich entfernte.

Doch im gleichen Augenblick drehte er mich um. Ich stützte meine Ellenbogen vor mir auf dem Pult ab. Mein runder Hintern stand nun einladend in die Höhe gereckt und ich merkte, wie er meine Beine spreizte, um seine Finger wieder an meine geschwollenen Schamlippen zu legen. Willig öffnete ich meine Beine und wartete begierig darauf, seine Zunge zu spüren. Doch sie leckte statt über meine Lustperle, wie ich erwartet hatte, vorsichtig über meinen Anus. Kurz hielt ich den Atem an. Noch mal leckte seine Zunge darüber, dieses Mal etwas langsamer und mit breiter Zunge. Ich begann mich zu entspannen und genoss das gekonnte Algierfranzösisch, das mein Lehrer mir bot.

Gleichzeitig massierte er mit der Zunge auch meine Klit und ich stöhnte mit geschlossenen Augen vor mich hin. Während ich diese neue Erfahrung genoss, führte er mir seinen Zeigefinger in die nasse Muschi ein, was ich mit leichtem Gegendruck quittierte. Ich wollte mehr und bat um zwei weitere Finger. Sanft und langsam führte er erst den Mittelfinger und dann den Ringfinger ein. Unter weichen Stößen leckte er genüsslich meinen Anus und begann ebenfalls, ein wenig zu keuchen.

Noch während ich mich seinen Fingern hingab, öffnete er seine Hose und holte seinen Zauberstab heraus. Mit leichtem Druck hob er mein linkes Bein und legte es mit dem Knie auf das Pult. Das machte er auch mit meinem rechten Bein und so kniete ich auf dem Lehrerpult mit offener Pussy, die über die Kante des Tisches hinausragte. Er packte mich an den Hüften, setzte die pralle Eichel an meiner nassen Lustgrotte an und drückte meinen Po nach unten. Ich spürte seinen harten, mächtigen Schwanz in mir, der mich komplett ausfüllte und mir einen heißen Schauer vom Scheitelansatz bis in die Zehen bescherte.

Langsam hob er mein Becken und drückte es sanft auf seinen Schwanz. Nach dem zweiten Mal übernahm ich die Bewegung und ritt ihn förmlich im Knien. Er stand hinter mir, massierte mit feuchten Fingern meinen Hintereingang, spielte immer wieder mit meinem Kitzler und ließ mich das Tempo des Rittes bestimmen.

Es dauerte nicht lange und ich krümmte mich in Ekstase auf dem Tisch zusammen. Noch während ich den unbeschreiblichen Höhepunkt genoss, hörte ich ihn ebenfalls schwer atmen. Er drückte meine Pobacken zusammen, klammerte sich an mein Becken und stieß ein paar Mal kräftig in mich hinein. Mit einem verhaltenen, kurzen Schrei entlud er sich in mir und blieb keuchend auf meinem Rücken liegen. Still genossen wir den abklingenden Orgasmus sowie die abflauende Hitze unserer Körper.

Als wir wieder zu Atem gekommen waren, nahm er mich in den Arm und küsste mich leidenschaftlich.

***

Leicht verwirrt ging ich nach Hause und fragte mich, was gerade in mich gefahren war, denn so etwas hatte ich noch nie gemacht. Allerdings war ich gut drauf und richtig befriedigt, was ich schon lange nicht mehr war. Und somit beschloss ich, mir keinerlei Gedanken darüber zu machen, sondern einfach diesen Höhepunkt auch im Nachhinein zu genießen.

Doch der Gedanke an den Fick im Klassenzimmer ließ mich weder am Abend noch am nächsten Tag nicht los. Immer wieder schweifte ich von meiner Arbeit ab und landete beim Lehrer. Wie konnte ich mich ihm nur so schamlos hingeben? Ich kannte den Mann gar nicht und doch hatte ich ungehemmt Sex mit ihm. Viel mehr als im Unterricht erforderlich war, hatte ich zuvor nicht mit ihm gesprochen.

Obwohl ich seine Küsse, Berührungen auch und den Fick sehr genossen hatte, fühlte ich mich wie eine kleine Hure, oder besser gesagt: wie eine Gratishure. Und doch war es auch irgendwo ein Nervenkitzel, der sich lustvoll in mir regte. Seit langem hatte ich nur noch langweiligen Sex mit meinem Mann gehabt und ich war ausgehungert.

Spontanes oder Neues hatte es nie bei meinem Exmann und mir gegeben. Wir hatten uns ins Bett gelegt, er ein bisschen an mir rumgefummelt, war in mich eingedrungen und wenn ich gekommen war, war auch er gekommen. Das war's dann gewesen. Meist hatte er sich von mir runtergerollt und war sofort eingeschlafen.

Dagegen war der Sex mit dem Lehrer aufregend, spontan, ungezwungen, zärtlich und etwas vollkommen Neues. Mit einem verschmitzten Lächeln auf den Lippen beschloss ich, dass es gut war, mich dem Lehrer hingegeben zu haben. Und dieses Zugeständnis öffnete mich für die kommenden Abenteuer meines Lebens.

2. TraumStunde

Während des nächsten Kurses wusste ich nicht recht, wie ich mich dem Lehrer gegenüber verhalten sollte. Ich war doch etwas beschämt und konnte ihm nicht in die Augen sehen. Doch er unterrichtete in der gleichen Manier, als wäre nichts geschehen. Um ihm an diesem Abend zu entkommen, fragte ich Mia, meine Banknachbarin, ob sie nicht Lust auf einen Drink nach Unterrichtsende hätte. Und sie hatte!

Gleich nachdem die Glocke das Ende der Stunde eingeläutet hatte, packten wir tratschend unsere Lehrbücher ein, winkten dem Lehrer zu und verließen den Raum. Gleich um die Ecke gab es eine nette Cocktailbar, die wir ansteuerten.

Mia war eine hübsche Dunkelhaarige, in etwa so alt wie ich, aber ziemlich mollig. Sie war stets fröhlich und vor allem sehr schlagfertig, was mich besonders faszinierte. Ständig sprudelte sie vor Ideen und Vorstellungen, die mitunter recht witzig waren. Ohne es zu bemerken, saßen wir bis weit nach Mitternacht in der Bar und hatten jede Menge Spaß. Hin und wieder versuchten ein paar Jungs, uns anzubaggern, aber Mia verscheuchte sie mit einem passenden Spruch.

»Dieser Abend gehört uns«, meinte sie bestimmend, »da brauchen wir keine Männer dabei. Hab ich recht?«

Mit hoch erhobenen Augenbrauen und stakkatoähnlichen ruckartigen Kopfbewegungen sah sie mich fragend an. Ohne es zu wollen, musste ich lachen und sie fiel mir, ebenfalls prustend vor Lachen, um den Hals. Ich drückte sie herzlich an mich und plötzlich verging mir das Lachen. Als ob sie das Gleiche empfunden hatte, löste sie sich ein klein wenig aus meiner Umarmung und sah mir in die Augen. Einen peinlichen Augenblick lang dachte ich, sie küssen zu müssen. Doch dieser Augenblick war schnell wieder weg und sie setzte sich auf ihren Hocker. Nun herrschte eine unangenehme Stille zwischen uns und wir suchten krampfhaft nach einem Thema.

Wir sprachen kurz über den Kurs und verabschiedeten uns unter dem Vorwand, am nächsten Tag früh aus den Federn zu müssen.

***

Als wir uns am Freitag im Kurs wiedertrafen, war alles so wie früher. Wir versuchten, das spanische Gebrabbel der jeweils anderen zu verstehen, machten uns über die Aussprache einiger Kursteilnehmer lustig und versuchten, im Wörterbuch schmutzige Worte zu finden und uns diese einzuprägen.

Als die Glocke das Unterrichtsende ankündete, fragte ich Mia, ob sie noch auf einen Drink mit zu mir kommen würde. Sie lehnte dankend ab, weil sie bereits etwas vorhatte. Doch sie teilte mir mit, dass sie am Sonntag Zeit hätte. Also bat ich sie, gegen sechzehn Uhr bei mir zu Hause vorbeizukommen.

Ich war schon an der Tür, als der Lehrer meinen Namen rief: »Hätten Sie noch eine Minute Zeit? Ich möchte mit Ihnen etwas wegen Ihrer Satzstellung besprechen. Es wird nicht lange dauern.«

Die übrigen Kursteilnehmer verabschiedeten sich und ließen uns allein im Klassenzimmer zurück.

Dominik kam ohne Umschweife zur Sache. Er erzählte mir, dass er seit vielen Jahren verheiratet und ganz bestimmt kein notorischer Fremdgänger sei. Sein »Ausrutscher« mit mir vor ein paar Tagen habe ihn selbst völlig überrascht, aber er habe ihn – trotz schlechtem Gewissen – sehr genossen.

Er wollte mich gern näher kennenlernen und mich öfter treffen. Allerdings konnte er mir nicht mehr als gelegentlich ein bisschen Sex bieten, aber wenn ich damit einverstanden wäre, würde ich ihn zum glücklichsten Mann der Welt machen.

Mit treuherzigen Hundeaugen sah er mich an. Eigentlich wollte ich ihm sagen, er solle sich zu seiner Frau verpissen und zusehen, dass seine Ehe wieder ins Lot kommt, doch blitzschnell besann ich mich eines Besseren. Was hatte ich denn schon zu verlieren? Da ich ohnehin keinen Partner hatte und im Moment auch sicher keinen wollte, war es doch perfekt, eine Affäre zu sein. Ich hätte meine Freiheit, könnte mich entfalten und käme zusätzlich in den Genuss eines fantastischen Liebhabers. Und wenn ich einen fixen Partner finden würde, könnte ich dieses Verhältnis jederzeit beenden.

Anstatt ihm eine Antwort zu geben, nahm ich sein Gesicht in meine Hände und küsste ihn leidenschaftlich auf den Mund. Er erwiderte meinen Kuss und begann, meinen Rücken zu streicheln. Doch plötzlich hielt er inne. »Wir müssen hier raus. Der Hausmeister wird gleich kommen, denn wir haben im Moment die letzte Unterrichtseinheit der ganzen Schule. Tut mir leid, aber ich möchte nichts riskieren. Wir können ein Stück mit dem Auto fahren und uns unterhalten.«

Nach der feurigen Knutscherei, die mich ganz scharf gemacht hatte, war mir überhaupt nicht nach Reden, sondern nur nach geilem Sex. Dennoch willigte ich ein und wir fuhren langsam die Straße entlang, bis wir an ein Waldstück kamen. Ich bat, in den nächsten Feldweg einzubiegen und irgendwo im Wald zu halten.

Rasch fanden wir ein laues Plätzchen und begannen, in der Abenddämmerung zu knutschen. Seine Hände waren überall auf meinem Körper und ich lag mit geschlossenen Augen auf dem nach hinten geklappten Beifahrersitz. Träumend genoss ich die zärtlichen Berührungen seiner weichen Hände und seiner geschickten Zunge. Doch plötzlich vergrub er ungestüm sein Gesicht in meinem Schoß und brachte mich innerhalb weniger Augenblick zu einem wunderbaren Höhepunkt.

Noch mit Muschisaft an und um seine Lippen fragte er mich, ob er mir von einer Fantasie erzählen dürfe, die er schon lange hatte.

»Klar«, meinte ich lapidar, »immer raus damit!«

Meine Brüste streichelnd erzählte er mir, dass er schon seit Ewigkeiten davon träumte, von einer Frau den Anus so richtig geil geleckt zu bekommen. Beschämt spielte er mit meinen harten Nippeln und wagte es nicht, mir in die Augen zu sehen.

Für den Bruchteil einer Sekunde hielt ich den Atem an. Im Moment konnte ich mir nicht vorstellen, ihm seinen Wunsch zu erfüllen und gerade, als ich ihm das sagen wollte, schoben sich die beiden Worte »probier es« vor mein »Nein«.

Ich überlegte kurz und kam zu dem Entschluss, dass ich erst dann wusste, ob ich es mag, wenn ich es ausprobiert hatte.

Rasch setzte ich mich auf und war auch schon zur Tür draußen. Dominik stieg ebenfalls aus und sah mich irritiert an.

»Komm her«, forderte ich ihn auf und hielt die beiden Teile meiner Bluse weit auf, sodass meine blanken Brüste zu sehen waren.

Sofort ging er los und ich ihm entgegen. Wir trafen uns beim Kofferraum. Mit zwei geschickten Handgriffen hatte ich seine Hose geöffnet, die sofort zu Boden fiel. Wortlos grinsend drehte ich ihn mit dem Gesicht zum Wagen und drückte seinen Kopf sanft auf den Kofferraumdeckel. Nun ragte sein Hinterteil in die Höhe und ich zog den Slip bis zu seinen Knöcheln hinunter. Neugierig betrachtete ich seinen strammen Po und knetete ihn freudig mit beiden Händen.

Dann spreizte ich mit meinem Fuß seine Beine und betrachtete die muskulösen Beine dieses Mannes. Seine Pobacken standen nun ein wenig auseinander und gewährten mir freien Einblick auf seinen Anus.

Sieht gar nicht so übel aus, dachte ich und fuhr mit dem nassen Zeigefinger meiner rechten Hand die Spalte entlang. Dominik sog leise die Luft ein und ich merkte sofort, wie scharf ihn diese Berührung in diesem Bereich machte. Von diesem Geräusch ermutigt, massierte ich ein wenig seine Rosette, während ich mit der linken Hand sein Gehänge kraulte. Sein Po bewegte sich langsam im Rhythmus meines kreisenden Fingers und immer wieder entkam ihm ein leiser Seufzer.

Davon angeheizt fasste ich all meinen Mut zusammen und beugte mich nach vorn, um meine Zunge über seine Rosette gleiten zu lassen. In diesem Moment bäumte er sich auf und warf den Kopf in den Nacken. Mit einem freudigen Lächeln spuckte ich ihm direkt auf seinen Hintereingang und massierte ihn leidenschaftlich mit der Zunge. Dominik wand sich unter meiner Zungenakrobatik, was mich immer mehr anheizte und meine Zunge immer tiefer in ihn gleiten ließ. Laut schmatzend zog ich ihn ein kleines Stück vom Auto weg, suchte seinen prallen Schwanz und massierte ihn im gleichen Rhythmus, in dem ich seine Pforte leckte. Sein wollüstiges Ächzen und Stöhnen vermischte sich mit der Hitze unserer Körper und dem leichten Schweißfilm, der sich auf unserer Haut gebildet hatte.

Ich hatte Zeit und Raum vergessen, war nur noch Sexdienerin meines Lehrers und erst, als er sich unter heftigen Zuckungen und einem langgezogenen Lustschrei entlud, nahm ich wieder meine Umgebung wahr.

Dominik lag keuchend auf dem Kofferraumdeckel und hatte die Augen geschlossen. Eine tiefe Zufriedenheit umspielte seine Mundwinkel. Obwohl ich noch scharf war und nichts mehr als einen guten Fick brauchte, schmiegte ich mich an ihn und hielt ihn fest.

Nach einigen Augenblicken sah er mich an, nahm mich in den Arm und entschuldigte sich für sein egoistisches Verhalten. Da ich es von meinem Exmann gewohnt war, nicht immer auf meine Kosten zu kommen, gab ich wie immer vor, damit kein Problem zu haben. Doch ich hatte eines damit, auch während meiner Ehe. Ich traute mich nicht, es offen auszusprechen.

Dominik jedoch war feinfühlig genug, um zu spüren, dass ich geflunkert hatte. Vorsichtig hob er mich hoch, trug mich zur Kühlerhaube des Wagens und legte mich dort mit weit gespreizten Beinen ab. Gleich nachdem er mit nassen Fingern meine Lustperle massiert hatte, kam all die Geilheit in mir zurück, die ich während des Leckens gehabt hatte. Geschickt streichelte er den Eingang meiner Lustgrotte, der noch immer nass war, spielte mit meinen Lippen und kreiste gekonnt mit dem Daumen um meine Klitoris.

Ich schloss die Augen und ließ mich erneut in einem heißen Taumel treiben, genoss das ausgefüllte Gefühl seiner drei fickenden Finger in meiner Höhle und dem Finger an meiner Rosette. Völlig entspannt genoss ich auch den vierten Finger, den er in mich einführte. Langsam fickte er mich mit der Hand und spielte immer wieder an meinem Lustknöpfchen. Heiße Wogen durchliefen meinen Körper und ich stöhnte und wand mich hemmungslos. Mein Herz klopfte heftig und ich hatte das Gefühl, als würde ich jeden Augenblick explodieren.

Als ich dann noch spürte, wie sich die ganze Faust in mich schob, packte mich eine Welle heißer Feuersglut und ließ meinen Körper brennen. In rhythmischen Zuckungen bäumte ich mich unter lautem Stöhnen auf und stieß mich mit dem Becken noch fester auf seine Faust hinab, um sie noch tiefer in mir zu spüren. Kleine Lichter explodierten vor meinen

Augen und meine Muschi zuckte vor Begierde und Wollust.

Nach einer kleinen Ewigkeit ebbte der Orgasmus ab und ich blieb erschöpft liegen. Dominik zog mich an sich und hielt mich fest. Ich brauchte noch einige Minuten, ehe ich fähig war, die Welt um mich herum wieder wahrzunehmen.

***

Schließlich sammelten wir unsere Kleider ein, zogen uns rasch an und verließen die Waldlichtung. Vor meiner Haustür küssten wir uns leidenschaftlich und Dominik fuhr nach Hause – zu seiner Frau und den Kindern.

3. FLASCHENRITT

Gut gelaunt ging ich in meine Wohnung, machte es mir auf meiner Couch mit einem Glas Prosecco gemütlich und ließ noch einmal mein erstes Fistingerlebnis Revue passieren. Die Gedanken an diesen geilen Fick vor einer knappen Stunde ließen mich erneut scharf werden. Ich spürte förmlich wieder eine Faust in meiner heißen Muschi, fühlte, wie sie völlig ausgefüllt war, spürte, wie die weibliche Nässe über seine Finger floss und wie gierig sich mein dick angeschwollener Kitzler seinem Daumen entgegenreckte.

Meine Muschi kribbelte, juckte und sandte heiße Ströme aus, sodass ich nicht anders konnte, als meine Hose zu öffnen und meine Klit ein wenig zu streicheln. Meine Gedanken waren beim Faustfick, meine Hand an meiner Muschi und ich hatte das Gefühl, mehr zu brauchen. Viel mehr!

Rasch holte ich eine Halbliterplastikflasche, füllte sie mit warmem Wasser und zog mich aus. Ich streichelte kurz meine Brüste und merkte, dass auch sie nach Berührung lechzten. Die Nippel standen hart vom hellen Warzenhof ab und wollten gesaugt, gedrückt und leicht gebissen werden.

Während ich mit einer Hand meine Pussy rieb, spielte ich mit der anderen mit den Nippeln. Doch ich wollte die Flasche reiten, mich dem ausgefüllten Gefühl ein weiteres Mal hingeben und mich erneut darin verlieren.

Da fielen mir die Wäscheklammern ins Auge. Irgendwo

hatte ich gesehen, dass Frauen sie an ihren Nippeln hatten, während sie auf einem Mann ritten. Vorsichtig steckte ich eine davon auf meinen linken Nippel und ließ los. Es tat ziemlich weh, doch der Schmerz war irgendwie geil. Ich wippte ein paar Mal auf und ab, als würde ich auf der Wasserflasche reiten. Diese Bewegungen setzte die Klammern in Bewegung und verursachten einen sehr geilen Schmerz. Mit einem hämischen Grinsen auf den Lippen platzierte ich noch eine andere Klammer auf meinem rechten Nippel, schnappte mir die Wasserflasche, die noch immer ziemlich warm war, und kniete mich auf die Couch.

Meine Pussy war von den Nippelklemmen so richtig nass geworden und ich hatte keine Mühe, die Flasche in mich gleiten zu lassen. Vorsichtig begann ich, auf dem heißen Stab zu reiten. Meine Brüste wippten im Takt und ich beugte mich so weit vor, dass die Klammern bei jeder Bewegung die Oberkante der Couch streiften und somit noch ein wenig mehr zwickten. Ich fand das irre geil und wollte unbedingt kommen.

Während des Reitens massierte ich meine Lustperle und nach wenigen Augenblicken jagten heiße Blitze durch meinen Körper, die ihn in wilder Ekstase zucken ließen. Ich massierte, fickte und rieb die Nippelklemmen an der Couch, bis ich so übererregt war, dass ich zur Seite fiel und noch eine Weile zuckte.

Lange konnte und wollte ich mich nicht bewegen. Mit geschlossenen Augen lag ich auf der Couch und war in einer anderen Welt. Erst als ich wieder vollkommen in die Realität kam, zog ich die Flasche aus meiner triefenden Lustgrotte und nahm die Wäscheklammern ab. Erst jetzt spürte ich den wahren Schmerz an den Nippeln sowie an der überdehnten Pussy.

Geschieht dir ganz recht, dachte ich, *das ist der Preis für deine Gier!*

Doch auch dieser Schmerz hatte durchaus etwas Anzie-
hendes an sich und ich genoss ihn ebenso wie den Ritt und
die Klammern an sich. Völlig befriedigt nahm ich ein Buch
aus dem Regal und begann, nackt zu lesen.

4. DOKTORSPIELE

Den halben Sonntag verbrachte ich im Bett und zwar allein. Mit einer großen Tasse Kakao und einem Croissant saß ich zwischen dicken Polstern, sah mir eine DVD an, las oder schlief. Um vierzehn Uhr kroch ich total entspannt und ausgeschlafen aus den Federn.

Nachmittags stand Mia vor der Tür und sah mich freudig an. »Danke für die Einladung«, trällerte sie und zog an mir vorüber Richtung Wohnzimmer. »Echt nett hast du es hier, alle Achtung!«, sagte sie bewundernd und sah sich frech um.

Scheu kannte diese Frau wohl keine, aber ich fand das völlig in Ordnung.

Wir genehmigten uns ein paar Gläschen Prosecco, quatschten über den Spanischkurs, Politik und im späteren Verlauf natürlich über Männer und Sex.

Mia hatte etwas zu viel von dem prickelnden Schaumwein getrunken und wurde redselig und offen. Ohne Umschweife erzählte sie mir von einer Episode, die sich vor rund einer Woche bei ihr zu Hause abgespielt hatte:

»An einem Freitagabend saß ich gemütlich vor dem Fernseher, als mein Mann plötzlich mit einem weißen Arztkittel vor mir stand und sagte: ›Frau Mia, Sie sind die Nächste. Wenn Sie mir bitte folgen wollen ...‹

Er machte eine einladende Geste, die nichts anderes zuließ, als seiner Aufforderung nachzukommen. Ich folgte ihm also in den Keller, obwohl ich keinen blassen Schimmer hatte, was er vorhatte. Er öffnete die Tür zum Fitnessraum und präsentierte mir eine Fitnessbank, die er zu einem gynäkologischen Untersuchungsstuhl umfunktioniert hatte. Jetzt kapierte ich, was da lief!

Mit einem charmanten Lächeln sagte er: ›Wenn Sie sich bitte untenherum freimachen würden ...‹ Er drehte sich diskret um, sprach aber weiter: ›Ihre Brüste muss ich auch untersuchen, also machen Sie bitte den Oberkörper ebenfalls frei.‹

Ich fand dieses Rollenspiel total aufregend und konnte mich sofort hineinfallen lassen.

Als ich nun so ganz ohne Kleidung dastand, begann er vorsichtig, meine üppige Brust zu betasten, zu kneten und zu streicheln. Wie zufällig fuhr er mehrmals ganz sanft über meine inzwischen hart gewordenen Brustwarzen.

›Die sind in Ordnung‹, sagte er, ›wenn Sie sich bitte auf den Untersuchungstisch legen würden ...‹

Bereitwillig leistete ich dieser Bitte folge.

Langsam befestigte er zwei Lederriemen an meinen Beinen und je einen an meinen Armen. Zu guter Letzt schnallte er auch noch mein Becken an der Bank fest, sodass ich mich keinen Zentimeter mehr bewegen konnte. Ich war vollkommen hilflos und ihm ausgeliefert.

Das Rückenteil stellte er ziemlich hoch, sodass ich das ganze Geschehen zwischen meinen Beinen mitverfolgen konnte. Danach fokussierte er die Scheinwerfer des Raumes genau auf meine Pussy. Er zog einen kleinen Hocker herbei, saß nun zwischen meinen weit gespreizten Beinen, und sah mit konzentrierter Mine auf meine Pussy. Vorsichtig betastete er die äußeren Schamlippen und die Klitoris. Es war ein irres Gefühl.

Er hob den Kopf und sah mir in die Augen. ›Die Haare müssen leider weg!‹, sagte er. Sofort trug er eine Menge Rasierschaum auf und begann, die lästigen Haare zu entfernen.

Als er fertig war, spülte er mit reichlich warmem Wasser nach und prüfte mit den Fingerspitzen die Glätte.

›So ist es schon viel besser!‹, rief er erfreut aus und leckte sich die Lippen. Dann spreizte er meine Schamlippen und verwöhnte die Klitoris mit seiner Zunge, indem er sie sanft kreisen ließ. Von dem unbekannten Spiel war ich schon vorab derart erregt, dass ich nach kurzer Zeit förmlich explodierte. Meine Beine zitterten in den Beinschalen, heiße Wellen durchliefen meinen Körper und ich hatte das Bedürfnis, mich zu winden, doch die Lederriemen hinderten mich daran. Sie hielten mich im Zaum, ließen mir keine Freiheit und zeigten mir, dass ich ausgeliefert war. Meine Lust steigerte sich dadurch ins Unermessliche.

Als mein Orgasmus wieder am Abklingen war, fuhr er mit zwei Fingern in meine Pussy. Er drehte sie, drückte gegen das weiche Fleisch in mir und fand den G-Punkt, den er lüstern massierte.

Er beobachtete mich ganz genau und just in dem Augenblick, als ich dem Gipfel der Lust erneut zusteuerte, ließ er von mir ab und öffnete seinen Kittel. Erst jetzt sah ich, dass er darunter nackt war und sein Schwanz kerzengerade und prall hervorstach. Ohne Vorwarnung rammte er mir seinen Lustspender bis zum Anschlag in meine nasse Grotte. Er fickte wie von Sinnen und rieb mit dem Daumen der rechten Hand zusätzlich meine Klitoris. In mir stiegen heiße Wogen hoch, ließen meine Arme und Beine wild zucken und ich versuchte, mich in den Fesseln aufzubäumen. Doch sie hielten mich fest und steigerten erneut meine Erregung.

Während ich in den Ledergurten einen ekstatischen Tanz vollführte, ergoss *mein Arzt* sich unter lautem Stöhnen in mich hinein. Er presste seinen Körper so fest an mich, als wollte er als Ganzes in mich hineingleiten.

Als er wieder ein wenig vom Gipfel der Lust gekommen war, stieg er auf die Bank, hielt mir seinen nassen, noch immer etwas steifen Schwanz vor den Mund und bat um eine urologische Untersuchung. Ich nahm ihn tief in mir auf und sog daran, ließ meine Zunge von der Eichel über den Schaft bis zur Wurzel und wieder zurückgleiten. Danach nahm ich noch seine Glocken in den Mund, leckte und lutschte daran, saugte sie komplett ein und massierte sie in meinem Mund mit der Zunge.

Als er sich total fertig auf den Boden legte, lächelte ich ihn von oben herab an und sagte: ›Urologisch in Ordnung!‹«

Mia grinste mich an.

Ich war von der Geschichte so fasziniert, dass ich mich in einer völlig anderen Welt befand und gar nicht mitbekommen hatte, dass Mia bereits fertig war. Mit glänzenden Augen sah ich sie an und wusste nicht, was ich sagen sollte. Diese Story hatte mich einfach überwältigt und auch neidisch gemacht.

In meiner Ehe war Sex kein großes Thema gewesen. Mein Mann bestimmte, wann, wo und wie. Er liebte es vor allem, in der Werbepause eines Fernsehfilms einen geblasen zu bekommen. Ein Blick auf seine offene Hose reichte, um mich auf die Knie gehen zu lassen und ihn zu verwöhnen. Es war nicht einmal nötig, mich auszuziehen, denn er kam immer recht schnell. Sein Sperma musste ich schlucken, auch wenn ich es nicht wirklich mochte. Hatte ich Lust auf Sex und er nicht, stand ich vor der Wahl, es mir selbst zu machen oder kalt duschen zu gehen. Irgendwann verlor ich das Interesse und stand ihm nur noch zur Verfügung, weil es meine eheliche Pflicht war. Zwar träumte ich von romantischer, wilder Leidenschaft, aber niemals wäre es mir in den Sinn gekommen, ein Rollenspiel oder Outdoorsex erleben zu dürfen.

Und nun blickte ich in eine vollkommen neue Welt, die mich faszinierte und vor allem neugierig machte.

Mia holte aus der Sektflasche den letzten Tropfen heraus und sah mich herausfordernd an. »Was hältst du davon? Sei ehrlich!« Sie lallte schon ein wenig und begann bereits, beim Reden zu kichern.

»Mein Sexleben war bis vor einer Woche nicht wirklich prickelnd. Und wie ich sehe, gibt es noch viel mehr als Standardsex. Dieses Rollenspiel, das dein Mann inszeniert hatte, ist traumhaft und zeigt auch, dass er dich sehr liebt. Einen solchen Mann wünsche ich mir auch.«

»Findest du es gar nicht pervers?«, fragte Mia und nippte an ihrem Glas.

»Nein! Überhaupt nicht! Ganz im Gegenteil! Ich finde es einfach toll, dass ihr aus eurem Eheleben etwas Besonderes macht. Dass ihr nicht im Alltag versinkt und so viel Vertrauen ineinander habt, um solche außergewöhnlichen Spiele zu spielen. Einen solchen Mann hätte ich wie gesagt auch gern.«

»Witzigerweise hat sich Evan erst in letzter Zeit zu einem fantasievollen Liebhaber entwickelt. Wir sind bereits seit sechs Jahren verheiratet und vor circa einem halben Jahr hat er mit solchen Spielen begonnen. Ich hatte schon immer viele Fantasien, die noch viel weiter gehen, aber ich habe es nie gewagt, ihm von solchen Wünschen und Träumen zu erzählen. Womöglich hätte er mich als pervers angesehen!« Mia lachte ungehemmt und der Alkoholeinfluss war deutlich sichtbar. »Vielleicht bin ich ja ein bisschen pervers ...?« Sie kicherte.

»So lange alle Beteiligten einverstanden sind, ist nichts pervers, würde ich mal sagen. Aber da gibt es sicher viele Meinungen dazu. Jeder sollte machen, was er möchte, solange er nicht dem anderen zu nahe tritt oder ihn damit kompromittiert.«

»Recht hast du! Aber *du* redest nur und machst es nicht. Das finde ich schade ... Jetzt muss ich mal für kleine Prinzessinnen«, lallte sie und verließ leicht wankend das Wohnzimmer.

Während ich das Fenster öffnete, um frische Luft in den Raum zu lassen, hörte ich, wie Wasser in der Dusche plätscherte. Nur zu gern hätte ich nachgesehen, was sie im Badezimmer trieb, doch ich brachte den nötigen Mut dazu nicht auf. Ich holte eine weitere Flasche Prosecco aus dem Kühlschrank, setzte mich wieder auf die Couch und wartete, bis Mia zurückkommen würde – geduscht oder befriedigt oder beides. Vielleicht hatte sie die Erinnerung an dieses Gynäkologenrollenspiel so heiß gemacht, dass sie sich kurz des Duschkopfes bedienen musste. Dieser Gedanke amüsierte mich und ich trank auf meine neue Freundin.

***

Nach einer viertel Stunde kam Mia aus dem Bad und hatte sich ein Badetuch um die Hüften gebunden. Ihre schweren Brüste baumelten beim Gehen und zogen meinen Blick in ihren Bann.

»Gefallen sie dir?«, fragte sie unumwunden, nahm sie in beide Hände. Wie ein Geschenk hielt sie sie mir entgegen.

Es war mir peinlich, dass sie mein Starren bemerkt hatte und ich tat so, als hätte ich ihre Frage sowie ihre Geste nicht bemerkt. »Kannst du eigentlich auch andere Sprachen?«, fragte ich unbeholfen, aber froh, ein anderes Thema gefunden zu haben.

»Wen interessieren schon Sprachen, wenn Megabrüste zu vergeben sind?«, fragte sie und stellte sich so dicht vor mich, dass mein Kopf beinahe zwischen ihren fleischigen Glocken verschwand.

Die ganze Situation war mehr als peinlich und ich floh daraus, indem ich vorgab, ebenfalls ins Badezimmer zu müssen. Ganz gegen meine Gewohnheiten verriegelte ich die Tür und setzte mich auf den Badewannenrand. Mia hatte mich überfallen und ich konnte mit dieser Situation einfach nicht umgehen. Aber ich konnte sie auch nicht aus der Wohnung werfen, denn sie war mir sehr sympathisch und ich hätte sie gern weiterhin als meine Freundin gehabt.

Ich hatte noch nie etwas mit einer Frau gehabt und sie kam mir sehr fordernd, ja direkt drängend, vor.

Nach zehn Minuten beschloss ich, dass ich mich nicht ewig im Badezimmer versteckten konnte und ging mit mulmigem Gefühl wieder zurück ins Wohnzimmer. Doch zu meiner Überraschung fand ich das Wohnzimmer leer vor. Ich suchte Mia in der Küche und im Kinderzimmer, doch sie war weg. Die Wohnung konnte sie allerdings nicht verlassen haben, denn ihre Kleidung sowie die Handtasche lagen auf der Couch.

Mit bösen Befürchtungen, dass sie ins Schlafzimmer gewandert war, lugte ich durch den offenen Türspalt. Sie lag völlig unbekleidet auf der rechten Seite meines Doppelbettes, hatte die Augen geschlossen und atmete tief und ruhig. Erleichtert schloss ich die Tür und dankte insgeheim dem Prosecco, dass er sie schläfrig gemacht hatte.

Ich ging ins Wohnzimmer und trank den Prosecco zu Ende. Immer wieder kehrten meine Gedanken zu ihren dicken Brüsten zurück, die ich zwar gern berührt hätte, doch zugegebenermaßen zu feige dafür war. Ich stellte mir vor, wie sie sich anfühlen würden, ihre Weichheit, ihre Wärme, die festen Nippel und der helle, große Hof, der sehr lecker ausgesehen hatte. Ich zog den Ausschnitt meines Shirts mit dem Finger weg und sah mir meine eigenen Brüste an. Sie waren kaum vorhanden, klein und unscheinbar.

Frustriert, weil ich mir diese Gelegenheit hatte entgehen lassen, legte ich mich auf der Couch lang, deckte mich mit einer Wolldecke zu und versuchte zu schlafen. Es war bereits halb zwölf und ich musste am nächsten Tag wieder früh aus den Federn und fit für meinen Job sein.

Doch ganz entgegen meiner Erwartungen fand ich keinen Schlaf. Hellwach drehte ich mich von einer Seite auf die andere und sah um ein Uhr noch immer auf den Wecker. Sauer auf mich selbst packte ich meine Decke und schlich mich ins Schlafzimmer, wo Mia tief und fest schlief.

Vorsichtig legte ich mich auf die andere Hälfte des Bettes, deckte mich zu und war innerhalb weniger Minuten eingeschlafen.

5. BiSpiele

Als mich morgens der Wecker aus meinen Träumen holte, lag ich dicht an Mia gekuschelt in der Löffelchenstellung. Sie war durch die Musik ebenfalls wach geworden und flüsterte mir ein »Guten Morgen« ins Ohr. Regungslos lag ich da und wusste nicht, was ich tun sollte. Ich war nicht einmal fähig, ihr einen guten Morgen zu wünschen. Und als mich ihre Hand an meiner Hüfte entlang bis zu meiner linken Schulter streichelte, setzte mein Verstand vollkommen aus. Steif wie ein Besenstil lag ich da und wartete darauf, was sie tun würde.

Doch Mia nahm das ganz locker. Sie streichelte mich, fragte, ob sie sich denn gestern ungebührlich verhalten hätte und lachte unentwegt. Sie forderte keine Antwort, denn offensichtlich wusste sie, dass sie keine bekommen würde.

Mit sehr viel Geduld brachte sie mich aber so weit, dass ich mich entspannen und die Streicheleinheiten genießen konnte. Langsam drehte ich mich auf den Rücken und wartete auf ihre Reaktion.

Ohne zu zögern beugte sie sich über mich und leckte genussvoll an meinen Nippeln, nahm sie zwischen die Lippen und saugte daran. Ein herrliches Prickeln überflutete meinen Körper und ich verlor jegliche Hemmungen. Mutig tastete ich nach ihren dicken Brüsten und begann, sie zu streicheln. Mia nahm diese Gelegenheit wahr und setzte sich auf, sodass ich besseren Zugang zu beiden Brüsten hatte. Sie lächelte mich ermunternd an und führte meine Hand. Ich hob die schweren Glocken ein wenig an, fühlte ihre Weichheit, drückte und knetet sie – es war ein herrliches Gefühl! Dieses Spiel war noch viel geiler, als ich es mir während der Nacht erträumt hatte.

Mit jeder Minute wuchs mein Mut und es dauerte nicht lange, bis ich ihren rechten Busen hochhob und meine Lippen gegen ihn drückte. Ein leichter Schauer rieselte über meinen Rücken, als ich die samtene Weichheit spürte. Mia lächelte mich an und gab mir einen Tipp: »Er mag es, von heißen Lippen eingesogen zu werden.«

Diese Aufforderung reichte aus, um mich nun völlig dem neuen Spiel hinzugeben. Gierig saugte ich ihre Titte ein, leckte genüsslich am prallen Nippel und knetete mit der anderen Hand den linken Busen. Niemals hätte ich gedacht, dass Busenerotik so geil sein konnte!

Mia lehnte sich nach hinten und streckte mir ihren Atombusen entgegen. Sie forderte mich auf, sie ein wenig in die Nippel zu beißen und den Druck dann langsam zu erhöhen.

Zaghaft nahm ich ihre erigierte Knospe zwischen die Zähne und tat es.

»Du kannst ruhig fester beißen, ich mag das wirklich!«, gestand sie.

Ich drückte meinen Zähne gegeneinander und wartete auf einen Schmerzensschrei, doch stattdessen drang ein lustvolles Stöhnen an mein Ohr. Ich öffnete kurz meine Augen und sah, wie sehr sie es genoss. Den Kopf hatte sie nach hinten gelegt, die Augen geschlossen, den Mund halb offen. Mit der Zungenspitze leckte sie leicht ihre Lippen.

Mir gefiel, was ich sah, und malträtierte ihren Nippel jetzt umso härter. Immer wieder biss ich kurz ziemlich fest zu und sie stöhnte bei jedem Mal mehr auf. Nach einigen Minuten ließ sie ihre rechte Hand zu ihrer Pussy gleiten, spreizte mit den Fingern ihre fleischigen Schamlippen und begann, ihre Klit zu reiben. Ihre Beine öffneten sich weiter und gewährten mir einen herrlichen Einblick in ihre dunkelrosa Lustgrotte. Alles sah weich, warm, nass und geil aus ...

Jetzt beschloss ich, aufs Ganze zu gehen. Ich ließ ihren Busen aus meinem Mund gleiten und auf ihren Bauch fallen, was er mit einem leisen Klatschen quittierte. Beinahe gleichzeitig legte ich mich auf den Bauch und robbte ganz nahe mit dem Gesicht an ihre weit offene Muschel heran. Sie duftete intensiv nach Frau, nach Geilheit, nach Verdorbenheit und Lüsternheit.

Noch bevor ich zögern konnte, streckte ich die Zunge heraus und kostete zum ersten Mal in meinem Leben eine weibliche Scham. Der Geschmack war zwar nicht überragend, aber die Weichheit ihrer glatten Pussy fühlte sich auf meinen Lippen und der Zunge einfach fantastisch an. Ich leckte, wie ich geleckt werden wollte, spielte mit ihrer Perle, erforschte mit meiner Zunge tief ihre Grotte und saugte ihre Schmetterlingsflügel vollständig ein. Ich reizte sie so lange, bis sie sich mit einem lauten Seufzer im Orgasmus verlor. Mir spendete sie eine ganze Menge Feuchtigkeit, die mir übers Kinn lief.

Mia ließ sich zurück in die Kissen fallen und ich krabbelte zu ihr nach oben. Sie hatte die Augen geschlossen und atmete tief. Da ich sie nicht stören wollte, legte ich mich auf den Rücken und starrte die Decke an. Sollte ich mich jetzt schämen? War es unmoralisch, was ich soeben getan hatte? Ein Blick auf Mias nackten Körper bestätigte mir, dass es nicht unmoralisch war und ich mich nicht schämen, sondern freuen sollte, denn soeben hatte ich meine bisexuelle Ader entdeckt, die mir bislang verborgen gewesen war. Und somit hieß es ab sofort: »Auf zu neuen Ufern!«

Meine innere Uhr sagte mir, dass ich viel zu spät dran war und meine Digitaluhr bestätigte es. Blitzschnell war ich vom

Bett in der Dusche und in meinen Kleidern. Für Kaffee und Co war jetzt keine Zeit mehr und ich musste Mia antreiben, weil sie von zu Hause aus arbeitete und deshalb nicht pünktlich in einem Büro sein musste, wie ich.

***

Noch am gleichen Tag schrieb mir Mia eine Mail, in der sie sich erfreut zeigte, in mir eine so aufgeschlossene Freundin gefunden zu haben. Im Nachsatz betonte sie, dass ich ein Naturtalent sei, was das Lecken betraf.

Gut gelaunt ging mir die Arbeit während dieser Woche leicht von der Hand.

6. FRAUENLIEBE

Am nächsten Freitag waren Mia und Evan zu einer Grillparty eingeladen. Kurzerhand fragte sie die Gastgeberin, ob ich auch mitkommen dürfte. Zu meiner Freude hatte sie nichts dagegen und ich machte mich bereits am Nachmittag schick. Der Abend versprach, interessant zu werden, da ich viele neue Leute kennenlernen würde. Das passte genau in mein jetziges Lebenskonzept.

***

Die Konversation war zwar anfangs etwas schleppend, wurde mit zunehmendem Alkoholkonsum jedoch besser. Und wie könnte es anders sein, als dass die Frauen von Männern zu sprechen begannen – Beziehungen, Ehe, Seitensprung …

Die anwesenden Männer zeigten sich an diesem Thema überhaupt nicht interessiert, und bildeten rasch eine eigene Gruppe. Sie setzten sich an die Bar im Billardzimmer und ließen die Frauen im Garten zurück. Ich setzte mich zu den anderen Frauen und war ein wenig enttäuscht. Als ob sie nur darauf gewartet hatten, dass sich die Männer verzogen, wurde sofort das Thema »Sex« angesprochen. Sie erzählten von ihren Wünschen und der Realität. Was sie vermissten und von ihren Männern nicht bekommen konnten. Auch plauderten sie Geheimnisse ihrer Männer aus. Ich wunderte mich, wie offen die meisten darüber sprechen konnten, aber ich tippte darauf, dass sich diese Gruppe schon lange kannte und untereinander Vertrauen genoss.

Angeregt durch dieses Thema und mehreren Gläsern Wodka suchte ich um Mitternacht die Toilette. Die erste Tür, die ich öffnete, führte in die Küche. Hinter der zweiten befand sich ein Abstellraum. Bei der dritten war ich mir sicher, das WC gefunden zu haben, doch ich stand stattdessen im Schlafzimmer der Gastgeberin.

Ich wollte die Tür gerade wieder schließen, als eine Stimme rief: »Du kannst ruhig hierbleiben. Wir haben es gern, wenn uns jemand dabei zusieht.«

Neugierig ging ich zum Bettrand und war erstaunt, als ich die beiden Partygäste Martha und Doreen darin vorfand.

Martha, eine zierliche Blonde, war kniend ans Bett gefesselt, den runden Hintern hatte sie weit in die Höhe gestreckt. Doreen, eine rassige Rothaarige mit rasierter Scham, stand neben dem Bett und hatte ein Ding in der Hand, das einer ledernen Fliegenklatsche sehr ähnlich sah. Beide lächelten mich an und boten mir einen Platz auf dem Sofa an.

»Mitmachen ist nicht erlaubt, zusehen dafür umso mehr!«, erklärte Martha. Gespannt nahm ich auf dem Sofa Platz und starrte die beiden an, die sich jedoch schon wieder in ihr Spiel vertieft hatten.

Doreen streichelte mit der Hand zärtlich Marthas Pobacken, und im nächsten Moment schlug sie mit der Fliegenklatsche, die sich »Gerte mit Schlag« nannte, zu. Martha zuckte zusammen und stöhnte lustvoll auf. Doreen zog Marthas Kopf an den Haaren nach oben und küsste sie leidenschaftlich auf den Mund. Fast gleichzeitig landete wieder ein Hieb auf der weißen Haut und hinterließ einen hellrosa Fleck.

Über diese Markierung sichtlich erfreut, streichelte sie zärtlich die kleinen festen Brüste von Martha und ließ die Gerte erneut auf dem festen Arsch ihrer Freundin landen. Bei jedem Schlag wippten Doreens schwere Brüste. Das war ein sehr

34

anregender Anblick.

Langsam ließ Doreen ihre Hand von Arsch der Delinquentin bis zu ihrer Pussy wandern. Etwas härter massierte sie den Lustknopf der Gefesselten und versetzte ihr gleichzeitig einen etwas härteren Schlag.

Auf diesen folgte einer dem anderen und die linke Pobacke färbte sich rosa. Martha stöhnte und wand sich unter Doreens fordernden Fingern. Sie massierte in kleinen Kreisen, steckte immer wieder blitzschnell zwei Finger in die bereits triefende Lusthöhle und auch gleichzeitig den Daumen in ihre Rosette. Martha zog an den Fesseln, warf wollüstig den Kopf in den Nacken, ließ ihr Becken in wilden Zuckungen kreisen und stöhnte immer wieder lustvoll auf. Plötzlich löste Doreen die Fesseln und Martha sank erschöpft aufs Bett. Doch für Doreen begann der Spaß gerade erst. Sie zog Martha vom Bettrand und befahl ihr, sich auf den schmalen Tisch am Fußende des Bettes zu legen.

Der Tisch reichte gerade vom Kopf bis zum Becken. Doreen fesselte ihre Hände an die Tischbeine und stellte unter die weit gespreizten Beine jeweils einen Sessel. Auch die Beine wurden an die Sessellehnen gefesselt.

Martha küsste Doreen lange und innig auf den Mund. Doreen küsste ihren Hals, die Brüste, umkreiste die hartgewordenen Brustwarzen mit der Zunge, tastete sich weiter bis zum gepiercten Nabel, verweilte dort einige Zeit, um dann die zarten Innenschenkel zu liebkosen. Dann richtete sie sich grinsend auf und holte eine Lederpeitsche mit acht kurzen Riemen aus der Schublade des Tisches. Sie streifte mit den Riemen vom Hals bis zum Schambereich über Marthas Körper und ließ dann ganz sanft die Riemen auf ihren Brüsten landen. Die schwarzen Lederstreifen hoben sich von der weißen Haut Marthas ab.

Mit der rechten Hand streichelte sie weiterhin die Innenseiten der Oberschenkel und streifte wie zufällig die Lustgrotte ihrer Freundin. Danach stellte sich Doreen zwischen Marthas Beine und zog die Peitsche einige Male von unten nach oben durch. Martha wand sich vor Lust.

Doreen kniete sich nieder und massierte mit ihren schweren Brüsten Marthas Scham. Dann spreizte sie mit beiden Händen die zarten Schamlippen und leckte genüsslich die vor Erregung weit abstehende Lustperle. Doch plötzlich hielt sie inne. Martha stöhnte: »Bitte mach weiter.«

»Das hättest du wohl gern, du kleines Miststück!«, rief Doreen lachend und sah die Gefesselte herrisch an.

Ohne jede Vorwarnung sauste die Peitsche mit einem klatschenden Geräusch auf den Venushügel nieder. Gleich darauf ein weiteres Mal. Martha zuckte zusammen und stieß einen leisen Schrei aus. Doreen schien das zu gefallen und leckte sich die Lippen.

Dann steckte sie einen Finger in Marthas nasse Höhle und bewegte ihn langsam rein und raus. Mit der linken Hand spreizte sie die Schamlippen, um die Klit mit der Zunge zu verwöhnen. Martha war kurz davor, im Orgasmus zu explodieren, doch Doreen ließ von ihr ab.

Sie ging zu einer der Schubladen und entnahm ihr einen Umschnalldildo. Den steckte sie Martha tief in den Mund. Mit Hingabe begann sie, den Riesenschwanz zu lecken und zu saugen. Doreen erregte dieser Anblick und sie massierte mit ihrer rechten Hand ihre eigene Muschi.

Doch bevor sie kam, zog sie den Dildo aus Marthas Mund, leckte genüsslich daran, und schnallte ihn sich um ihr Becken. Langsam ging sie um den Tisch und stellte sich zwischen Marthas weit gespreizte, an die Stuhllehnen gefesselten Beine. Sie nahm den Strap-on in die Hand und reizte mit der prallen Eichelspitze das zarte, rosa Fleisch der völlig offen dargebotenen Muschi.

Martha stöhnte und drängte ihre Muschi über die Tischkante, damit sie den Dildo in sich aufnehmen konnte, doch Doreen zog ihn weg und spielte noch ein wenig mit der Schwanzspitze. Immer wieder lehnte sie sich über ihre Freundin, um ihre Nippel zwischen Daumen und Zeigefinger zu drücken und drehen. Marthas Brust hob und senkte sich schwer.

Ohne jegliche Vorwarnung drang der Lustspender in Martha bis zum Anschlag ein. Scharf sog sie die Luft ein, um sie gleich darauf wieder geräuschvoll auszustoßen.

Mit gekonnten Bewegungen fickte Martha sie, als wäre es ihr eigener Schwanz. Bei jedem Stoß wippten ihre fleischigen Brüste im Takt. Doreen nahm ihre Brustwarzen zwischen die Fingerspitzen und knetete sie. Plötzlich begann Martha laut zu schreien und an ihren Fesseln zu zerren. Ihr Becken vollführte einen Tanz und die zuckenden Beine hoben die Sessel hoch. Die Woge der absoluten Lust war im Raum spürbar. Doreen drückte mit der Hand ihr Becken auf den Tisch und massierte rasch ihre Klitoris. Dann setzte sie noch einige Stöße mit dem Freudenspender nach und ließ dann von ihr ab. Martha lag regungslos auf dem Tisch. Sie war sichtlich erschöpft.

Nach eine paar weiteren Streicheleinheiten band Doreen die kleine Blonde los, nahm den Penis ab und schnallte ihn Martha um. Martha legte sich mit dem Rücken aufs Bett und Doreen kniete sich über Marthas Gesicht, um ihre Zunge an der Klitoris lecken zu lassen. Doch Doreen war schon zu erregt, um sich dem gekonnten Tanz der weichen Zunge lange hinzugeben. Mit einer einzigen Bewegung kniete sie über dem Strap-on und spreizte ihre nassen, glatten Schamlippen. Gierig ließ sie den Schwanz bis zum Anschlag in sich gleiten.

Langsam erhob sie sich, bis der Penis fast vollständig aus ihrer Pussy gerutscht war, um sich im nächsten Moment wieder ganz draufzusetzen. Ihr Rhythmus wurde schneller, der Atem tiefer. Mit geschlossenen Augen vollführte sie einen Ritt auf dem Dildo und keuchte dabei in wildem Verlangen.

Immer schneller stieß sie auf den Schwanz hinab, bis ihr Körper in wilder Ekstase zu zucken begann und sie laut stöhnend vornüber auf Martha fiel. Sie blieb regungslos liegen und atmete schwer.

An diesem Punkt war es für mich an der Zeit, das Zimmer zu verlassen. Jetzt war nicht mehr Sex das Thema, sondern Geborgenheit und Nähe, die nur für die beiden gedacht waren.

Völlig erregt und mit prickelnder Haut stand ich im Gang und konnte nicht glauben, was ich soeben gesehen hatte. Ich lehnte mich an die Wand, schloss die Augen und rief mir noch einmal Doreens ekstatischen Ritt auf dem Riesendildo in Erinnerung. Ich war komplett überrollt und durcheinander.

Als ich wieder zur Grillrunde stieß, waren die Männer dort. Da mich die Unterhaltung über die verschiedenen Grillvariationen nicht interessierte, gab ich vor, sehr müde zu sein und verabschiedete mich von der Gruppe.

Auf dem Heimweg wusste ich, dass ich nun endlich jenes Leben zu führen begann, nach dem ich mich, ohne es zu wissen, schon immer gesehnt hatte.

7. SexAbenteuer

Als am nächsten Nachmittag mein Handy klingelte, war ich nicht wenig überrascht, dass Dominik anrief. Er hatte mich noch nie angerufen, weshalb ich jetzt umso neugieriger war, was er wollte. Mit viel Sehnsucht in der Stimme erzählte er mir, dass ihn seine Frau noch mehr langweilte, seitdem wir uns begegnet waren. Ihre Geschichten über den Haushalt, die Kinder und den Tratsch aus der Nachbarschaft seien derart öde, dass er am liebsten davonlaufen wollte. Aber die Schulden, die moralische Verpflichtung den Kindern gegenüber und die Angst vor dem Alleinsein ließen ihn in dieser Ehe verharren.

Es interessierte mich nicht im Geringsten, ob seine Ehe langweilig war oder nicht, und ich fragte mich, weshalb er sich bei mir ausweinte. Hatte er keine Freunde? Alles, was ich von ihm wollte, war guter Sex, und sicher keine Beziehung oder sein Leid mittragen.

Aber ich wollte ihm auch nicht wehtun, denn er war ein so herzlicher, sensibler Mann, von dem ich bestimmt noch einiges lernen konnte. Also beschloss ich, zu einer List zu greifen.

»Dominik«, unterbrach ich ihn, »bei deinen Problemen kann ich dir nicht helfen, tut mir leid. Aber du könntest deinen Kummer bei einer sehr scharfen Lady vergessen und danach wird dir das Leben nichts mehr anhaben können.«

Mit dieser Aussage hatte ich mich sehr weit hinausgewagt und war über meinen Mut selbst erstaunt.

Dominik wusste scheinbar nicht, was er sagen sollte, denn in der Leitung blieb es still. Ich hatte Zweifel, ob das eine gute Idee gewesen war und wollte ihm gerade sagen, er sollte es vergessen, als er plötzlich fragte:

»Was genau meinst du damit?«

Da ich es selbst noch nicht richtig wusste, flötete ich: »Wenn du mich in wenigen Minuten noch mal anrufst, wirst du es erfahren ...« Sofort legte ich auf.

Nun saß ich auf meiner Couch und überlegte angestrengt. Ich hatte aus einem Impuls heraus gehandelt und jetzt musste ich mir ganz schnell etwas einfallen lassen. Krampfhaft und unter Zeitdruck dachte ich nach und entschied mich für ein Rollenspiel mit ihm. Zwar nicht das gleiche, das Mia und Evan gespielt hatten, aber so etwas in der Art.

Als Dominik anrief, flüsterte ich mit lasziver Stimme: »Hallo! Für dein Sexabenteuer hast du die beste Nummer gewählt. Ich bin heute besonders scharf und brauche einen richtigen Mann!«

Nach diesem Satz herrschte kurz Stille. Ich musste mir ein Kichern verbeißen, denn damit hatte ich gerechnet. Dominik war völlig überrumpelt und musste sich mit der Situation vertraut machen. Doch zu meiner Überraschung war er flexibel und fragte mit verstellter Stimme: »Hi Süße, was machst du denn und was kostet mich der Spaß?«

»So ziemlich alles, was du willst, Baby! Für Vierzig Dollar blase ich dir einen, dass du die Engel singen hörst, für Einhundertzwanzig darf sich dein Schwanz in meiner Pussy austoben und für Zweihundert darf er meine Rosette besuchen. Öl und eine Massage sind in den Preisen inbegriffen. Na, worauf hast du Lust?«

»Kann ich auch deine heiße Pussy lecken und dir gleichzeitig meinen Finger in den Arsch stecken?«

»Das ist ganz genau das, was ich jetzt brauche«, hauchte ich ins Telefon. »Du bist ein toller Kerl mit viel Fantasie. Wann kommst du? Ich bin geil auf dich! Ich muss schon meinen Kitzler mit den Fingern reiben, um es überhaupt auszuhalten!« Ich schickte diesen Worten ein gehauchtes Stöhnen nach.

»Ich bin in einer halben Stunde bei dir und dann besorge ich es dir so richtig, du geiles Luder!«

»Beeil dich, mein geiler Hengst! Ich bin ungeduldig!«

Ich legte auf und bemerkte erst jetzt, dass mich das Telefonieren wirklich geil gemacht hatte. Rasch duschte ich und stand dann vor dem Kleiderschrank. Für meinen ersten Auftritt als Nutte zog ich rote Seidenstrümpfe an, dazu wählte ich den passenden Strapsgürtel, den roten Spitzen-BH, einen engen, kurzen Lackrock, eine durchsichtige Bluse, die ich weit offen stehen ließ und hochhackige rote Pumps.

Die Haare toupierte ich mir hoch, das Gesicht schminkte ich mir ziemlich grell und streifte mir eine Handtasche über die Schulter. Zum Schluss sprühte ich mir noch viel Parfum auf den ganzen Körper.

Inzwischen war mein »Freier« wahrscheinlich schon ganz in der Nähe. Ungeduldig setzte ich mich ins Wohnzimmer und wartete nervös auf das Klingeln an der Haustür.

Als ich die Klingel hörte, schreckte ich zusammen. Mein Herz begann zu klopfen und meine Finger wurden leicht feucht. Auch in meiner Muschi kribbelte es bereits und meine Knie zitterten. Ich atmete einmal tief durch, setzte ein breites Lächeln auf und öffnete die Tür.

»Hello, mein Süßer«, sagte ich lasziv und schob meine linke Hüfte vor, »komm doch rein und mach es dir bequem.«

Dominik trat ein und schlenderte lässig durch das Wohnzimmer.

»Nette Bude hast du«, sagte er und sah sich um. »Und nette Titten hast du auch. Setz dich und zeig mal, was du zu bieten hast. Wie heißt du eigentlich?«

»Du darfst dir einen Namen aussuchen. Wir würdest du mich denn gern nennen?«

»Sandy – das klingt verrucht. Du kannst mich Mike nennen.«

»Fein! Also Mike, was möchtest du trinken? Ich würde am liebsten den Saft aus deinem Schwanz trinken, aber den heben wir uns für später auf.«

Mike lächelte gierig und fragte nach einem Glas Prosecco. Ich hoffte, dass Mia nicht die letzte Flasche geleert hatte, als sie vor einer Woche hier gewesen war. Auf dem Weg in die Küche spürte ich seine Blicke auf meinem Rücken. Mir war mittlerweile ganz heiß geworden und mein Unterleib kribbelte noch stärker. So aufregend hatte ich mir ein Rollenspiel nicht vorgestellt.

Wieder im Wohnzimmer zurück, stellte ich die beiden Gläser auf den Tisch und setzt mich dicht neben Mike. Ohne zu zögern legte er seine Hand auf mein Knie und fuhr damit an der Innenseite meines Oberschenkels weit nach oben. Willig öffnete ich meine Schenkel, um ihm den Zutritt zu meiner Lusthöhle zu erleichtern, aber er ließ seine Hand wieder nach unten gleiten.

Er hob die linke Hand, tauchte unter meine Bluse und fuhr frech die Konturen meines Busens nach. Dann holte er meine rechte Brust aus meinem BH, betrachtete sie eine ganze Weile und kniff dann leicht in die Brustwarze.

»Das sind ja nette Dinger«, raunte er und streichelte mich weiter. »Was bietest du mir nun tatsächlich?«, war seine nächste Frage.

Ich überlegte kurz, schlug ein Bein über das andere, drückte den Busen raus und erklärte ihm: »Wenn du willst, bestimme ich den Verlauf. Du hast aber auch die Möglichkeit, alles selbst in die Hand zu nehmen. Bist du lieber aktiv oder passiv?« Ich hatte mich jetzt vollständig in die Rolle der Hure eingelebt und verlor jegliche Hemmungen.

»Wenn es eine wirklich tolle Vorstellung wird, überlasse ich dir gern die Führung. Wenn mir etwas total gegen den Strich geht, werde ich mich melden. Lass ein ordentliches Programm ablaufen und ich bezahle dich für die ganze Nacht. Wie viel bist du wert?«

»Die ganze Nacht kostet dich Siebenhundert. Dafür – und das schwöre ich dir – wirst du sie in deinem ganzen Leben nicht vergessen. Du wirst wahrscheinlich auch nie wieder so guten Sex haben; es sei denn, du kommst wieder zu mir.« Ich grinste schmutzig und meinte es in diesem Augenblick wirklich so.

»Ich werde dich gleich bezahlen, um den Stress ein bisschen abzubauen«, meinte er und holte seine Brieftasche aus der Jackentasche. Er legte zwanzig Dollar auf den Tisch und lehnte sich wieder zurück. »So, nun bist du mein Eigentum. Du kannst loslegen!«

Ich war gefordert und musste mir ganz schnell ein sehr gutes Programm einfallen lassen, mit dem ich ihn zumindest eine Zeit lang unterhalten konnte.

Ich holte einige Kerzen, verteilte sie gleichmäßig im Raum, zündete sie an und schaltete das elektrische Licht aus. Das Flackern der Kerzen und des offenen Kamins erzeugten ein helles, warmes Licht. Gerade richtig für eine außergewöhnliche Session.

Danach legte ich eine CD in den Player. Als das geschehen war, stellte ich mich auf den Couchtisch und begann, im Rhythmus der schnellen Musik zu tanzen. Ich erinnerte mich an einen Film, in dem Go-Go-Tänzerinnen ihren Körper zur Schau stellten und versuchte, sie nachzuahmen.

Ich machte meine Sache wohl ziemlich gut, denn Mikes Hose spannte gewaltig. Während ich tanzte, legte ich langsam und verführerisch meine Kleidung ab.

Als ich nur noch die Strümpfe mit dem Strapsgürtel und die Pumps anhatte, war die CD zu Ende und ich legte mich seitlich auf den Tisch. Erwartungsvoll sah ich ihn an. Er applaudierte und strich mir liebevoll übers Haar. Dann genehmigten wir uns einen Schluck Sekt und ich ging zum nächsten Punkt meiner Vorstellung über.

Ich setzte mich neben ihn und begann, seinen Hals und Nacken zu küssen. Dann knöpfte ich sein Hemd auf und küsste die freigegebenen Hautstellen seiner Brust. Als ich alle Knöpfe offen hatte, streifte ich ihm das Hemd ab und erforschte leidenschaftlich mit meiner Zunge und den Lippen seinen ganzen Oberkörper. Es war irgendwie eigenartig, nur in Strapsen und Schuhen dazusitzen und Mike zu verwöhnen, ohne dass er auf mich Rücksicht nahm, beziehungsweise sich um mich kümmerte.

Nach einiger Zeit kniete ich mich vor ihn auf den Boden, öffnete den Reißverschluss seiner Jeans, dann den Knopf, und schob meine Hand in den Hosenschlitz. Sein Schwanz war bereits steinhart und riesengroß. Ich streichelte ihn kurz, nahm die Hand wieder heraus, zog seine Hose über die Beine und warf sie in hohem Bogen in den Raum. Dann deutete ich ihm an, sich auf den Tisch zu setzen und drückte seinen Rücken auf die Tischplatte.

Als er lag, küsste ich ihn vom Hals bis zum Nabel. Da er noch den String anhatte, ließ ich seinen Schwanz vorläufig aus und wanderte seine Beine entlang bis zu den Zehen. Ich leckte über seine Fußsohlen, über den Rist und über die Knöchel. Mike stöhnte vor Lust laut auf.

Ich holte eine Pfauenfeder aus der Bodenvase und ließ das weiche Ende über seinen Körper gleiten. Mike wand sich auf dem Tisch, bäumte sich auf und legte sich sogleich wieder entspannt zurück.

Als er sein Becken rhythmisch auf und ab bewegte, zog ich ihm den Stringtanga aus und nahm seinen erigierten Schwanz in den Mund. Das war jetzt eindeutig zu viel für ihn! Schon nach dem dritten Mal Saugen begann er zu pulsieren und ich wusste, dass er in den nächsten Sekunden kommen würde. Ich hielt inne und sah ihn an.

»Bitte mach weiter«, stöhnte er keuchend und kraftlos.

»Wenn du jetzt abspritzt, dann ist alles vorbei. Wir werden deshalb eine kleine Pause einlegen, damit du voll auf deine Kosten kommst.«

Ich setzte mich auf das Sofa und trank noch einen Schluck Sekt. Mike lag schwer atmend auf dem Tisch, die Augen geschlossen. Es dauerte sicher mehr als zehn Minuten, bis er sich aufsetzte und eine Zigarette verlangte. Sein Penis war zwar etwas abgeschlafft, aber noch immer dunkelrot.

Ich ließ eine Viertelstunde vergehen, bis ich meine Aktivitäten wieder aufnahm. Ich bat ihn, eine weitere CD in den Player einzulegen. Dann stellte ich mich breitbeinig vor ihn hin, wollte, dass er meinen Körper erforschte. Seine Hände ertasteten jeden Winkel und ich turnte ihn mit geilen Sprüchen an.

»Steck deinen Finger in meine Muschi«, forderte ich ihn auf, »na, ist das geil? Die möchtest du jetzt sicher richtig durchficken! Komm, stoß mir deine Finger fest in meine Pussy. Ja, das tut gut. Du machst mich so scharf. Lass mich deinen Schwanz reiten. Nimm mich! Ich will von dir gefickt werden.«

Mike war so geil, dass er mir seinen Luststab gleich im Stehen hineinstecken wollte, aber ich wand mich aus seinen Händen und lief einige Schritte zurück.

»Das kannst du nicht machen. Ich habe dich dafür bezahlt!«, rief er enttäuscht und ein wenig wütend.

Ohne darauf einzugehen, drehte ich mich um und lief ins Badezimmer. Ich konnte gerade noch den Schlüssel umdrehen, als Mike schon an der Tür war. Er hämmerte mit den Händen dagegen und ich musste mir im Badezimmer das Lachen verkneifen. Je mehr er sich aufregte, desto mehr ließ seine sexuelle Erregung nach und wir würden etwas Spielzeit gewinnen.

Nach und nach wurden seine Flüche immer leiser und sein Hämmern hörte auf. Ich blieb noch einige Minuten im Bad und lauschte an der Tür. Offensichtlich war er ins Wohnzimmer zurückgekehrt.

Als ich zu ihm ging, saß Mike auf dem Sofa und rauchte eine Zigarette. »Das war aber nicht nett von dir, Sandy.«

»Oh doch! Du hättest mich sofort genommen, in ein oder zwei Minuten abgespritzt und das Ganze hätte ein Ende gehabt. Ich möchte aber, dass es für dich unvergesslich wird. Dein Schwanz ist weich wie Butter in der Sonne – jetzt können wir wieder von vorn anfangen. Ist das nicht toll?«

Mike lächelte. »Ja, du hast ja recht. Ich war nur so ... geil.«

Mit einem triumphierenden Lächeln kniete ich mich vor ihn auf den Boden, spreizte seine Beine und nahm sein schlaffes Glied in den Mund. Selbst in diesem erbärmlichen Zustand war es noch immer größer als so manch anderer Schwanz, wenn er steht.

Da habe ich mir ein Prachtexemplar eingefangen, dachte ich und begann zu lecken.

Viel Überredungskunst war nicht nötig, bis er wieder in seiner vollen Größe vor meiner Nase stand. Ich leckte einige Male über seine Eichel und die Hoden. Dann stand ich auf, stellte ein Bein auf die Rückenlehne der Couch und drückte meine Pussy gegen sein Gesicht. Gierig und mit schmatzenden Geräuschen leckte er an meiner Klitoris, steckte die Zunge in meine Pussy und umkreiste mit dem Finger meine Rosette. Mit der anderen Hand massierte er zart meinen Busen. Ich schloss die Augen und genoss die spielerische Zungenfertigkeit meines Freiers. Doch plötzlich rammte er einen Finger in den hinteren Eingang. Langsam drehte er ihn, zog ihn ein wenig zurück, dann wieder ganz hinein und wurde in seinen Bewegungen immer schneller. Mir wurde heiß und mein Atem kam stoßweise. Mein Becken vollführte einen Tanz auf seinem Finger und drängte ihn immer weiter in mich hinein. Ich stöhnte und genoss den herrlichen Fingerfick.

Doch plötzlich zog er seine Hand zurück, packte mich an den Schultern und drängte mich zum Tisch. Dort drückte er mich mit dem Oberkörper auf die Tischplatte und hielt meinen Kopf darauf fest. Mein Arsch stand jetzt einladend in die Höhe gereckt und er drang ohne Vorwarnung hart in mich ein. In diesem Moment durchzuckte ein heftiger Schmerz meine Rosette und ich schrie laut auf. Aber in der gleichen Sekunde verwandelte sich dieser Schmerz in pure Geilheit. Ich genoss den harten Ritt seines dicken Schwanzes in meinem Hintereingang sowie die heißen Schauer, die meinen Körper von oben bis unten prickeln ließen. Es gab nur noch die Hitze meines Körpers und die rhythmischen Bewegungen, mit denen mich Mike zum Höhepunkt stieß.

Feurig steuerte ich meinem Orgasmus entgegen und schon nach kurzer Zeit tobte in mir ein Feuerwerk, das mich verbrennen ließ. Aber auch seine wippenden Bewegungen wurden immer schneller und er packte mich am Becken, damit sein Schwanz nicht aus meiner Hintertür flutschte.

Es dauerte nicht lange bis Mike gepresste Atemstöße von sich gab, seinen Harten noch tiefer in meine Rosette bohrte und sich mit kurzen Stößen in den Orgasmus fickte. Mit einem langgezogenen Lustschrei ergoss er sich in mich.

Ohne seinen Schwanz aus mir herauszuziehen, legte er sich auf meinen Rücken und verschnaufte eine Weile. Es dauerte einige Minuten bis er sich erholt hatte und wieder fähig war, sich zu bewegen.

Dann setzte er sich auf das Sofa und fragte keck: »Und was kommt jetzt?«

Ich glaubte, meinen Ohren nicht zu trauen. Ich war total erledigt – er wahrscheinlich noch mehr als ich – und dann diese Frage!

Ich überlegte nicht lange, sondern sagte einfach: »Wozu du noch im Stande bist – aber ich glaube, das wird nicht viel sein ...«

Wir lachten und fielen uns in die Arme. Es war ein herrliches Gefühl, zum ersten Mal genau jene Sexualität ausleben zu können, die man in sich trägt. Mit dieser Umarmung war unser Rollenspiel vorbei und wir unterhielten uns über die neuesten Erscheinungen auf dem Büchermarkt.

Als es Abend wurde, musste er nach Hause, denn länger konnte er sein Fernbleiben nicht rechtfertigen. Ich sah ihm noch vom Fenster aus nach, wie er in seinen Wagen stieg und davonfuhr.

Mit meinem Glas Sekt in der Hand saß ich auf der Couch und dachte nach. Vor wenigen Wochen war ich eine graue Maus gewesen, hatte nur Standardsex mit meinem egoistischen Mann gehabt und plötzlich war ich sexuell wie verwandelt. Ich hatte bereits einen griechischen Fick hinter mir, meine erste Bi-Erfahrung gesammelt und ein Rollspiel genossen. Das war viel mehr, als ich in meinem ganzen Leben rein sexuell erlebt hatte. Ganz zu schweigen vom Sex mit einem völlig Fremden und dem Outdoor-Erlebnis!

Ich überlegte, ob ich nun zur Schlampe geworden war, ob ich gerade die Midlife-Crises durchlebte oder ob ich nur zum ersten Mal in meinem Leben so handelte, wie es meinem Naturell entsprach. Auch nach längerem Überlegen fand ich keine Antwort und beschloss deshalb, dieses Thema im Moment ad acta zu legen und bei passender Gelegenheit mit Mia darüber zu reden.

Den Abend nutzte ich dazu, um noch ein wenig Spanisch zu lernen, denn der Kurs allein reichte bei weitem nicht aus, um diese Sprache wirklich sprechen zu können. Und dass ich mit dem Lehrer vögelte, besserte meine Kenntnisse leider auch nicht.

8. SPANISCHSTUNDE

Dominik rief mich ständig an und schrieb mir zwischendurch etliche SMS. Ich glaube, er war ein wenig verliebt oder vielleicht legte er es als dieses Gefühl aus, nachdem er zu Hause keinen Sex mehr bekam. Ich fragte mich immer wieder, wie man nur so leben konnte. Zu Hause hatte er sich für alles verantwortlich zu zeigen, aber seine Bedürfnisse wurden völlig ignoriert. Nur Vater und Hauptverantwortlicher für alles zu sein, konnte doch auf Dauer nicht wirklich befriedigend sein. Ich fragte mich, weshalb er die drei nicht verließ, um ein ganz neues, anderes Leben zu beginnen.

Dann aber dachte ich an meine eigene Ehe, in der ich eigentlich auch kein Leben gehabt hatte. Ich arbeitete, kümmerte mich um den Haushalt und ging mit meinem Ex-Mann ab und zu aus. Meistens saßen wir zu Hause vor dem Fernseher. Sex gab es nur dann, wenn er ihn wollte. Und wenn er fertig war, dann war auch der Sex vorüber. Spielchen gab es nie. Also war ich auch nicht viel besser dran gewesen als Dominik. Aber ich hatte mich aus dem unbefriedigenden Zustand befreit und vielleicht schaffte Dominik es auch. Sollte er jedoch mit mir eine Beziehung eingehen wollen, musste ich ihn enttäuschen, denn ich war noch nicht so weit, mich sofort wieder zu binden. Jetzt wollte ich einige Zeit allein sein und das Leben so richtig genießen.

Und da ich die letzten Wochen so richtig genossen hatte,

nahm ich mir vor, mich noch weiter ins Leben hinauszuwagen und es zu erforschen. Bislang hatte ich ohnehin schon viel zu viel versäumt. Ich hatte jetzt gesehen, dass das Leben viel mehr als einen Fernseher und Arbeit zu bieten hatte.

Deswegen überlegte ich auch, ob es im Moment für mich passend sei, mich nur mit Dominik zu treffen. Immerhin hatte er nicht die Möglichkeit, einmal mit mir ein Wochenende lang wegzufahren, um es zum Beispiel in einer Therme zu treiben. Oder an einem Samstagabend auf eine frivole Party zu gehen – wenn ich mich dort hinwagen würde. Ich wollte erst mal über alles schlafen. Morgen würde die Welt wieder anders aussehen ...

***

Die Arbeitstage bis zum nächsten Spanischkurs vergingen wie im Flug und ich saß endlich mit Mia und den anderen Schülern wieder in den Bänken der Klasse. Dominik wirkte an diesem Abend nervös und angespannt, konnte aber dennoch den Unterricht gut gestalten.

Nachdem die Schulglocke die Stunde beendet hatte, bat er Andrew und mich, kurz zu bleiben. Verwundert sah ich Mia an, verabschiedete mich von ihr und gesellte mich zu Andrew, der bereits mit Dominik sprach. Er zeigte ihm, wie man das spanische ›z‹ richtig aussprach und übte es eine Weile. Als er damit zufrieden war, entließ er Andrew, der sofort zur Tür draußen war.

»Und nun zu Ihnen, Miss«, sagte er in etwas schärferem Ton. »Ich habe den Verdacht, dass Sie beim letzten Test geschummelt haben.«

Fassungslos sah ich ihn an, doch seine strenge Miene veränderte sich nicht.

»Wie kommen Sie dazu, eine solche Behauptung aufzustellen?«, fragte ich kopfschüttelnd.

»Nun ja, während des Unterrichts finden Sie nur selten die richtigen Verbformen. Beim Test allerdings immer die richtigen. Und deshalb muss ich jetzt überprüfen, ob Sie die Konjugationen beherrschen oder nicht.«

Ich sah betreten zu Boden und wusste nicht, was ich darauf sagen sollte.

»Beginnen wir mit etwas Leichtem, damit Sie in Schwung kommen. Konjugieren Sie ›voy‹ – gehen.«

Jetzt hatte er mich erwischt, dachte ich, und begann stotternd zu reden. »Yo voy, tù vas, èl, ella van ...«

»Falsch!«, herrschte er mich an, »el, ella va! So ein leichtes Verb und Sie versagen bereits!«

Ich sah ihn schuldbewusst an und schlug dann die Lider zu Boden. Er packte mich am Oberarm und zerrte mich zum Lehrerpult, auf das er meine Handflächen legte und mich so positionierte, dass ich einen 90°-Winkel bildete. Er nahm meinen kurzen, karierten Rock, hob ihn hoch und legte ihn auf meinen Rücken. Nun stand mein nackter Hintern völlig einladend in die Höhe gereckt, doch er berührte ihn nicht.

Stattdessen ging er um das Lehrerpult herum und nahm einen dünnen Rohrstock in die Hand, den er vor den anderen Schülern versteckt hatte. Er bog ihn demonstrativ vor meinen Augen und schnitt ein paar Mal damit durch die Luft.

»So leid es mir tut, meine Liebe«, sagte er süffisant in den Raum, »aber ich muss Sie für Ihre falsche Antwort bestrafen. Schließlich bin ich dafür verantwortlich, dass Sie etwas lernen und sich nicht durch Betrug ein Zertifikat erschleichen.«

Kaum hatte er die Worte ausgesprochen, spürte ich auch schon den leichten Schlag des Rohrstocks. Obwohl ich damit gerechnet hatte, zuckte ich zusammen und stieß einen unterdrückten, kurzen Schrei aus.

»Und nun beginnen wir von vorn. Wie konjugieren Sie

das Wort ›gehen‹?«

Ich wollte mich aufrichten, um einen erneuten Versuch zu starten, doch er drückte mich in meine Ausgangsposition. »Es bringt nichts, zwischendurch aufzustehen. Sie beherrschen den Stoff ja doch nicht ...«

Leicht entmutigt versuchte ich es noch einmal, obwohl ich wusste, dass ich wieder einen Fehler machen würde. »Yo voy, tú vas, èl/ella va, nosotros vamos, vosotras vaís ...«

Und wieder landete ein Schlag auf meinem Hintern, der aber dieses Mal schon ein wenig mehr brannte.

»Wie heißt ›ihr‹? Vosatras? Wo haben Sie das jemals gehört? Bei mir ganz sicher nicht! ›Vosotros‹ und nicht ›vosotras‹. Sie werden jetzt dieses Wort langsam drei Mal wiederholen. Und los geht's.«

»Vosotros«, sagte ich. Wieder zischte der Rohrstock auf meine Haut und hinterließ ein herrliches Prickeln.

»Vosotros, au!«

Auch der nächste Schlag tat weh und ich stieß rasch das dritte »Vosotros« aus.

Dominik platzierte auch den vierten Schlag direkt auf jene Stelle, die er bereits drei Mal knapp hintereinander getroffen hatte. Nach dem vierten Hieb stellte sich ein geiles Kribbeln in meiner Muschi ein und ich wollte, dass er mir noch ein paar überzog. Doch ich musste ohnehin nicht darum bitten, denn ich brauchte nur die falschen Antworten geben.

Kaum hatte ich diesen Satz zu Ende gedacht, forderte mich Dominik auf, die Konjugation zu wiederholen, und prompt machte ich erneut einen Fehler.

»Also jetzt reicht es aber!«, rief er aus und zog mein Becken nach hinten, sodass ich meinen Po weit hinausstrecken musste.

Kaum befand ich mich in der richtigen Position, sauste auch schon der Rohrstock auf meinen Arsch. Dieses Mal traf er jedoch beide Backen. Ich sog scharf die Luft ein, denn der Hieb war ganz schön heftig. Auf diesen folgten noch weitere, die ich nicht zählte. Dominik setzte die Schläge ganz eng aneinander, was recht schmerzhaft und gleichzeitig unheimlich geil war. Lüstern spreizte ich die Beine und bewegte meinen Arsch, damit sich meine Klit ein wenig beruhigte. Ich hatte das Gefühl, als würde von ihr heißer Muschisaft zu Boden tropfen.

Dominik bemerkte meine Bewegungen und fragte mit sarkastischem Unterton: »Na, ist die Missi denn ein wenig geil geworden? Fickt sie lieber anstatt zu lernen? Ist sie eine kleine Schlampe, die sich lieber die Muschi ficken lässt als zu arbeiten? Ist sie ein kleines Miststück, das gern gefickt wird?«

»Ja«, hauchte ich und wünschte mir jetzt tatsächlich einen harten Fick gleich im Stehen.

Dominik lachte auf und ließ den Rohrstock in kurzen Abständen auf meiner Klit tanzen. Der dünne Stock heizte meiner Muschi ordentlich ein und schon nach wenigen Berührungen stand sie in Flammen.

»Bitte fick mich«, stammelte ich und reckte meinen Arsch weiter raus, um Dominiks dicken Riemen aufnehmen zu können. Doch er steckte mir lediglich einen Finger in die Pussy und rieb kurz an meiner Klit.

»Du gehst jetzt schön brav in die Ecke und denkst darüber nach, ob ein braves Mädchen sich wirklich wie eine verfickte Schlampe benimmt.«

Er steckte den Saum meines Röckchens in den Bund und drängte mich in die vordere Ecke des Klassenzimmers. Mit dem Gesicht zur Wand, nacktem Arsch und weißen Kniestrümpfen stand ich nun da und wusste nicht, wohin mit meiner Geilheit. Mein Körper schrie nach Befriedigung, doch ich musste hier stehen und mich von meinem Lehrer betrachten lassen. Seine Blicke wanderten von den Kniestrümpfen über den nackten

Arsch bis hinauf zur weißen Bluse und wieder zurück. Ein Kribbeln lief meinen Rücken hinauf und prickelte auf der Kopfhaut weiter. Jetzt konnte ich es nicht mehr aushalten. Langsam ließ ich meinen rechten Arm nach vorn wandern und steckte meinen Mittelfinger in meine Spalte. Als er meine nasse Klit berührte, durchströmte mich ein wohliger Schauer und ich ließ ihn gierig kreisen. Doch bereits nach wenigen Sekunden sauste ein Hieb so heftig auf die Rückseite meines Oberschenkels nieder, dass ich aufschrie.

»Wer hat dir geilen Schlampe erlaubt, mit deiner Fotze zu spielen?«, herrschte Dominik mich an und packte mich am Handgelenk, das er mir auf den Rücken drückte. Beinahe gleichzeitig nahm er auch meinen linken Arm und legte ihn dicht an den rechten. Nun waren meine Ellenbogen im 90°-Winkel gebeugt und die Unterarme lagen ein Stück über meinem blanken Arsch aufeinander. Mit einem Tuch band er sie zusammen. Sofort stellte sich ein Gefühl des Ausgeliefertseins, der Hilflosigkeit ein. Ich versuchte, meine Arme zu befreien, doch das Tuch hielt sie fest.

Dominik küsste mich am Hals und meinte: »Ungezogene Mädchen, die mit ihrer Muschi spielen wollen, muss man eben fesseln.« Er steckte einen Finger in meine Spalte, tauchte in meine klitschnasse Lusthöhle ein, zog ihn wieder heraus und steckte ihn mir in den Mund. Gierig leckte ich den Finger, während er weiterhin meinen Hals küsste.

Dann überließ er mich, in der Ecke stehend, meiner Geilheit. Ich hörte, wie er den Reißverschluss seiner Jeans öffnete, ein leises Schmatzen und kurzes, lustvolles Stöhnen. Ich stellte mir vor, wie er am Lehrerpult lehnend seinen Schwanz genüsslich wichste und mir von hinten auf die gefesselten Arme und den blanken Arsch starrte. Diese Gedanken machten mich noch heißer und ich begann erneut zu zappeln. Doch so sehr ich mich auch umdrehen wollte, so streng war auch die Stimme in mir, die befahl, so zu bleiben, bis mich Dominik aus der Ecke holte.

Und es dauerte nicht lange, bis ich seine Schritte auf mich zukommen hörte. Doch anstatt mich zu befreien und meine Lust zu befriedigen, legte er mir eine schwarze Augenbinde an. Nun war ich gefesselt und blind. Ein weiterer Schauer der Lust lief über meinen Rücken und sammelte sich direkt in meiner Klit. Das Ziehen in ihr wurde immer heftiger und ich versuchte, die kleine Lustperle durch kurze Beckenbewegungen zu beruhigen. Doch schon nach der dritten Bewegung drückte Dominik mich an der Schulter nach unten bis ich kniete. Sanft streichelte er mein Haar und schob gleichzeitig seinen harten Prügel zwischen meine Lippen. Doch anstatt sich blasen zu lassen, hielt er meinen Kopf fest und *er* fickte mich. Vorsichtig. Ich schloss meine Lippen um seinen Schwanz und drückte die Zunge nach oben, sodass er das Gefühl hatte, in eine ganz enge Muschi zu ficken.

Es dauerte nicht lange, bis er heftiger zustieß und schneller atmete. Aus seinen schnellen Stößen wurde rasch ein fordernder Fick, den er nicht mehr kontrollieren konnte. Wie von Sinnen stieß er in mich hinein und ich begann zu würgen. Als ich kaum noch Luft bekam und meinen Mund weit öffnete, sah er mich erschrocken an. Sofort zog er seinen Schwanz heraus, kniete sich mir gegenüber auf den Boden und nahm mich in den Arm.

»Es tut mir leid«, flüsterte er in mein Haar, während er mich leicht schaukelte. »Es tut mir so leid. Du machst mich einfach so scharf, dass ich die Kontrolle verloren habe. Verzeih mir bitte, mein Engel.«

Doch das war es nicht, was ich wollte. Ich wollte endlich gefickt werden, denn diese Benutzung hatte mich völlig geil gemacht.

»Fick mich!«, flüsterte ich zurück und schloss meine Augen.

Dominik zögerte keine Sekunde. Er ließ mich los, war sofort aus seiner Hose und kniete sich hinter mich. Grob drückte er meinen Kopf nach unten, bis er auf dem Boden auflag. Meine gierige Pussy lugte triefend zwischen meinen Schenkeln hervor und wartete auf den bevorstehenden Ritt.

Als sein mächtiger Schwanz in mich eindrang, stieß ich erleichtert die Luft aus meinen Lungen. Endlich kam der erlösende Fick. Doch Dominik war mit dieser Position offensichtlich nicht zufrieden und zog seinen Schwanz wieder aus meiner Pussy. Enttäuscht wackelte ich mit dem Arsch, um ihn wieder zum Eindringen aufzufordern. Er stellte sich mit abgewinkelten Beinen über mich und drang vorsichtig von oben in meine Rosette ein. Langsam begann er, mich von oben zu ficken und wurde in seinen Bewegungen immer schneller. Obwohl mein Hintereingang etwas brannte, genoss ich den Ritt. Mit verbundenen Augen und gefesselten Händen in den Arsch gefickt zu werden, war eine echt geile Sache. Wir stöhnten beide, ächzten und ließen uns von den heißen Wogen der Lust treiben, bis wir gleichzeitig in einem langgezogenen Höhepunkt explodierten.

Keuchend lag er auf mir und nahm mir die Luft zum Atmen. Als ich ihn darauf aufmerksam machte, drehte er uns zur Seite, sodass wir wie zwei Löffelchen auf dem Boden lagen. So genossen wir die heiße Befriedigung, die wir soeben erfahren hatten.

Nach einigen Minuten spürte ich, dass meine Arme eingeschlafen waren. Dominik nahm mir die Fessel sowie die Augenbinde ab, den Rocksaum ließ er allerdings in meinem Bund stecken.

»Ich möchte, dass du so zu meinem Auto gehst«, sagte er und ich sah ihm an, dass er es vollkommen ernst meinte.

»Wie du willst«, entgegnete ich mutig, obwohl mir nicht ganz wohl bei diesem Gedanken war. Doch ich tat es und ging mit blankem Arsch vom Klassenzimmer bis zu seinem Wagen. Drinnen angekommen, war ich stolz auf mich, dass ich so viel Mut bewiesen hatte. Dominik küsste mich leidenschaftlich und versicherte, dass ich ein ganz braves Mädchen sei – abgesehen von meinen Spanischleistungen, die noch verbessert werden müssten.

Als wir vor meiner Wohnung anhielten und uns verabschiedeten, sagte er: »Ich hätte gern, dass du dir bis auf Widerruf nichts in die Muschi steckst. Du kannst dich selbst befriedigen, aber nur klitoral. Ist das möglich?«

Ich sah ihn mit Unverständnis an, aber sein Blick ließ weder ein Widerwort noch eine Frage zu.

»Ja, ich werde daran denken«, versprach ich und verließ nach weiteren heftigen Küssen seinen Wagen.

Noch lange, nachdem ich ihn aus den Augen verloren hatte, sah ich in jene Richtung, in die er verschwunden war. Er hatte mir ein weiteres Mal ein unvergessliches Erlebnis beschert und mich jetzt auch noch um einen sexuellen Gefallen gebeten. Allerdings verstand ich nicht, wozu es gut sein sollte, nahm mir aber vor, seinen Wunsch zu erfüllen.

9. LiebesPuppe

Am nächsten Tag erledigte ich gleich am Morgen die Hausar-
beiten. Während ich die Betten bezog, klingelte das Telefon.
Mia rief an, weil sie Unterhaltung brauchte. Ihr Mann war
den ganzen Tag mit Freunden unterwegs und sie wollte den
Tag nicht allein verbringen. Da ich ohnehin nichts geplant
hatte, schlug ich vor, gemeinsam Essen zu gehen. Nach einigen
Diskussionen einigten wir uns auf die japanische Küche. Nicht
weit von meiner Wohnung entfernt, gab es ein nettes Lokal, das
»Running Sushi« anbot. Gut gelaunt erledigte ich die restliche
Arbeit im Haushalt und fuhr um zwölf zu diesem Restaurant.

Mia wartete bereits vor dem Eingang, denn sie ging nicht
gern allein in ein Restaurant. Schon von weitem winkte sie mir
und freute sich sichtlich auf unser Treffen. Rasch suchte ich
einen Parkplatz und lief dann auf sie zu. Obwohl sie stramme
Waden und dicke Oberschenkel hatte, trug sie ein schwarzes
Minikleid mit blauen Leggings. Die derben schwarzen Schuhe
gaben dem ganzen einen krassen Kontrast, der wirklich gut
aussah. Ich bewunderte Mia, weil sie nichts auf die Meinung
anderer gab, sondern ihr Leben so gestaltete, wie sie es gern
hatte. Ob jemand ihren Kleidungsstil kritisierte oder nicht, war
ihr völlig gleichgültig. Eigentlich konnte ich mir ein Beispiel an
ihr nehmen, aber mir fehlte es eindeutig an Selbstbewusstsein.

Ich hakte mich bei ihr unter und zog sie mit weit ausho-
lenden Schritten ins Lokal. Der beste Tisch war frei und wir

nahmen ihn in Beschlag. Noch ehe die Kellnerin nach unserem Getränkewunsch fragen konnte, hatte ich schon den ersten Teller mit Maki vor mir stehen. Da ich seit dem Vorabend nichts mehr gegessen hatte, war ich knapp am Verhungern. Mia bestellte einen Lycheesaft und machte sich ebenfalls über die japanischen Köstlichkeiten, die auf einem kleinen laufenden Fließband an uns vorüberzogen, her.

Zwischendurch erzählten wir, was sich während der letzten Woche getan hatte und ich kam nicht umhin, ihr von dem erotischen Rollenspiel in der Schule zu berichten. Begeistert hörte Mia zu und ihre Augen strahlten.

»Das ist fein«, meinte sie und schob sich ein Stück Maki in den Mund. »Sag, was du willst, und du wirst es auch bekommen. Wieso die meisten Angst davor haben, ihre Wünsche auszusprechen, verstehe ich nicht. Sie verzichten lieber ein Leben lang auf gewisse Dinge, träumen davon und sterben irgendwann, ohne sie erlebt zu haben. Finde ich klasse, dass du jetzt so weit bist.«

Durch ihre Worte ermutigt, erzählte ich ihr auch von der Bitte Dominiks, bis auf Widerruf meine Muschi nicht zu berühren. Sie überlegte kurz, was es mit dieser Bitte auf sich haben konnte, fand jedoch keine Erklärung.

»Ich würde mich auf dieses Spiel einlassen«, sagte sie. »Was hast du schon zu verlieren? Probier es aus – und vergiss nicht, mir davon zu berichten.«

Kauend versprach ich ihr beides.

»Weil wir gerade beim Thema sind, möchte ich dir auch etwas erzählen, das ich zwar schon vor zwei Jahren erlebt, aber es noch niemandem gestanden habe. Bei dir weiß ich, dass es nicht nur als Geheimnis gut aufgehoben ist, sondern dass du mich auch nicht gleich als pervers abstempeln wirst.«

Noch ehe ich ihren letzten Satz bestätigen konnte, legte sie die Stäbchen zur Seite, nahm einen Schluck ihres Lycheesaftes und begann zu erzählen:

»Als mein Mann wieder einmal auf Geschäftsreise war – und das war früher häufig – saß ich in der Wohnung herum und wusste nicht so recht, was ich mit dem Abend anfangen sollte.

Ich nahm ein Buch zur Hand, blätterte darin, legte es aber bald wieder beiseite. Dann schaltete ich den Fernseher an, zappte durch alle Kanäle, aber nichts war dabei, was mich auch nur annähernd interessiert hatte. Ziellos wanderte ich in der Wohnung umher und plötzlich stand ich vor dem Schlafzimmerschrank. Ich betrachtete ihn eine Weile und dachte, dass ich den schon seit langem auf Vordermann bringen wollte. Also kniete mich auf den Boden und räumte den unteren Teil des Schrankes aus. Was man da so alles findet ... heruntergefallene Krawatten, eingepackte Bettwäsche von Weihnachten 1990, eine einzelne Socke, einen Ballen Tüll für ein Faschingskostüm und – eine Schachtel. Neugierig zog ich die Schachtel hervor und sah ein nacktes, asiatisches Mädchen darauf abgebildet. Momentan wusste ich nicht so recht, was das sein sollte, aber ich hatte den Verdacht, dass es sich dabei um eine aufblasbare Liebespuppe handeln musste.

Ich öffnete die Schachtel und zog tatsächlich eine Plastikpuppe heraus. Hatte sich mein Mann doch ohne mein Wissen eine Puppe zugelegt und sich damit wahrscheinlich schon einige Male vergnügt, wenn ich außer Haus war! Ich war empört. Das durfte nicht wahr sein! Sogleich kamen mir Zweifel, ob ich ihm sexuell nicht mehr genügen würde.

Aber dann warf ich alle Zweifel über Bord, denn die Neugierde hatte von mir Besitz ergriffen. Ich setzte mich aufs Bett und betrachtete den Kopf mit dem riesigen Loch als Mund.

Da ich wissen wollte, wie tief es da hineinging und wie eng es da drinnen wohl sein mochte, steckte ich den Zeige- und

Mittelfinger hinein. Es war ein komisches Gefühl, aber gleichzeitig erregte es mich auch. Ich schloss die Augen und stellte mir vor, wie der Schwanz meines Mannes in dieser Öffnung penetriert wurde; dazu bewegte ich meine Finger, als wären sie ein Schwanz. Das erregte mich ungemein.

Nun wollte ich auch noch die Vaginalöffnung und die Analöffnung erkunden, doch die schlaffe Puppe in meinen Händen war nicht besonders einladend.

Also blies ich sie kurzer Hand auf, bis sie prall gefüllt vor mir kniete. Ich wusste bis dato nicht, dass es kniende Liebespuppen gab ... Nun steckte ich meine beiden Finger langsam in die einladende Pussyöffnung und hatte Spaß daran. Ich dachte mir, dass Männer ihren Schwanz vor der Penetration sicherlich mit Gleitgel fickfreudiger machen würden. Also holte ich mir die Gleitcreme aus der Schublade, rieb meine beiden Finger damit ein und ließ sie wieder in die Öffnung gleiten. Ein kribbelndes Gefühl machte sich in meiner unteren Körperregion breit. Nun musste ich natürlich auch noch die Analöffnung ausprobieren. Mit meinen glitschigen Fingern fuhr ich in das Poloch der Puppe und vollführte ganz rasche Ein- und Ausbewegungen. Das machte mich irre geil.

Ich nahm noch mehr von dem Gleitgel und massierte nun die Brüste der Puppe, spielte an ihren Nippeln und kniff sie in den Po. Nie hätte ich mir gedacht, dass ein solches Toy so viel Spaß machen könnte.

Während ich wieder ihre Pussy bearbeitete, streichelte ich meine Klitoris. Wohlige Schauer durchliefen meinen Körper. Rasch entledigte ich mich meiner Kleider und saß nun nackt mit der Puppe auf dem Bett. Ich wollte wissen, wie es ist, wenn man eine Frau oral verwöhnt. Also drehte ich die Puppe auf den Rücken, legte mich zwischen ihre gespreizten Beine und leckte ihre glitschige Pussy zuerst außen rundherum, dann über die Öffnung und schließlich steckte ich ihr meine Zunge tief hinein. Mit beiden Händen streichelte ich ihre festen Brüste. Ich verlor mich komplett in der Vorstellung, es sei eine echte Frau und konnte nicht mehr aufhören, sie zu lecken. Meine Pussy zuckte und kribbelte, während ich einen wahren Zungentanz an der Muschi vor mir vollführte. Als meine Geilheit schon nicht mehr erträglich war, kniete ich mich über ihr Gesicht und rieb meine Klitoris mit kreisenden Bewegungen an ihrer Nase. Damit die Puppe nicht wegrutschen konnte, hielt ich mit beiden Händen ihren Kopf. Mit geschlossenen Augen und im völligen Taumel der Gier tanzte ich auf dem Gesicht der Asiatin. Meine Bewegungen wurden immer wilder und ekstatischer und kurz bevor ich kam, ließ ich mich vom Gesicht der Puppe fallen, legte ich mich aufs Bett und verschnaufte kurz.

Während ich mit geschlossenen Augen nackt auf dem Bett lag, kam mir eine Idee. Ich holte den Vibrator aus meiner Nachttischschublade, befeuchtete ihn mit etwas Gleitgel und ließ ihn langsam in die Muschi meiner neuen Freundin gleiten. Sah das geil aus! Ich fickte sie ein wenig damit und zog ihn wieder aus ihrer Pussy. Glänzend und einladend lag er vor mir. Ich wollte ihn mir schon selbst zwischen die Beine schieben, um endlich Befriedigung zu erleben, doch dann hatte ich eine bessere Idee.

Ich stellte den Vibrator auf die schnellste Stufe ein und steckte ihn mit dem hinteren Ende in die vordere Ficköffnung der Puppe. Nun lag sie wie ein Zwitter vor mir: geschminktes Gesicht, feste Brüste und einen dicken Schwanz zwischen den Beinen.

Ich beugte mich über den Vibrator und nahm ihn in den Mund. Langsam begann ich, ihn zu blasen und war rasch wieder in meiner eigenen Welt, in der der Schwanz real war.

Das Blasen turnte mich derart an, dass ich gleichzeitig meinen Kitzler rieb.

Als die Spannung unerträglich wurde, kniete ich mich über den Vibrator und ließ die surrende Spitze ganz leicht an meinem Kitzler und meinen Schamlippen knabbern. Meine Nippel waren steinhart und standen weit von den Brüsten ab. Meine Haut prickelte und immer wieder entwich mir ein keuchender Seufzer. Lange hielt ich dieses grausame Spiel nicht mehr aus und setzte mich langsam auf den künstlichen Schwanz. Das Vibrieren in meiner klitschnassen Muschi ließ mich erschaudern und ich hob mein Becken. Dann stieß ich einige Male fest nach unten und genoss die Dicke, die mich vollkommen ausfüllte. Um einen guten Ritt vollbringen zu können, stützte ich mich mit den Händen links und rechts vom Kopf der Puppe ab, blickte ihr ins Gesicht und ließ mein Becken auf ihrem Schwanz kreisen. Ich hatte fast das Gefühl, als würde ich auf einem Mann reiten. Immer schneller und heftiger bewegte ich mich im Kreis, stieß auf den Schwanz herab und ritt im Taumel der Lust dahin.

Doch kurz vor dem Orgasmus hielt ich inne, sammelte mich ein wenig und stieg von ihr ab. Mit der Puppe unter dem Arm ging ich ins Wohnzimmer, wo ich sie über einen Hocker legte; mit dem Gesicht nach unten. Ich steckte ihr den surrenden Vibrator in die Analöffnung, stellte mich darüber und ließ meine Lustperle von dem vibrierenden Schwanz verwöhnen. Meine Muschi zuckte, kribbelte, juckte und schickte brennende Wogen in meinen Bauch.

Als ich nur noch den Orgasmus wollte, ließ ich mich auf dem Vibrator nieder und vollführte einen wahren Freudentanz. Meine Hände glitten über ihren Rücken, die Finger vergruben sich in ihrem Haar. So musste es also für einen Mann sein, wenn er eine Frau von hinten fickt.

Meine Bewegungen wurden immer heftiger und schneller, bis ich mit einem lauten Schrei heftig kam. Mein Körper zuckte und ich musste schnell von der Puppe herunter, da ich sonst zu explodieren drohte.

Ich lag noch eine ganze Weile atemlos auf dem Sofa und genoss dieses Gefühl der absoluten Befriedigung. Als ich wieder in die Realität zurückgekehrt war, zog ich mich an, reinigte die Puppe und verstaute sie wieder im Schrank.

Als mein Mann am nächsten Tag wieder nach Hause kam, erzählte ich nichts von meinem Fund, da ich fürchtete, er würde die Puppe woanders verstecken oder aus Scham entsorgen. Ich habe nämlich noch vor, mir einige langweilige Tage mit dieser niedlichen Puppe zu versüßen.«

Mit offenem Mund hatte ich die Geschichte, die Mia so frei und ohne jegliche Scheu erzählt hatte, verfolgt. Als ich merkte, dass sie am Ende angekommen war, schlug ich mit beiden Händen auf ihre Unterarme. »Das ist jetzt aber nicht wahr!«, rief ich begeistert aus. »Das hast du wirklich gemacht? Wow, ich fasse es nicht! Du bist doch ein Luder!«

Mia grinste mich breit an und steckte sich eine Garnele, die sie seit langem zwischen ihren Essstäbchen gehalten hatte, in den Mund. Kauend nickte sie und konnte mit dem Grinsen nicht mehr aufhören.

»Hast du es Evan jemals erzählt?«, fragte ich neugierig.

»Nein, habe ich nicht. Es gab Momente, in denen ich es ihm beichten wollte, um die Puppe in das eine oder andere gemeinsame Spiel zu integrieren. Ich würde zu gern mal sehen, wie er die kleine Schlampe fickt oder wie er mit ihr umgeht. Ob er mit ihr redet oder sie küsst, streichelt, fingert, was auch immer. Aber wenn er das vor mir macht, wäre sein Verhalten nicht natürlich und das war der Grund, weshalb ich es unterlassen habe.«

»Gibt es die Puppe noch?«

»Ja, es gibt sie noch und er verwendet sie auch hin und wieder. Ich habe einen Schal auf die hintere Kante des Kartons gelegt und kontrolliere ab und zu dessen Position. Ist er nicht mehr auf der Ecke, hat er den Karton hervorgeholt.«

Ohne zu blinzeln sah ich sie lange an und fasste dann all meinen Mut zusammen. »Wenn du ihn in Action sehen willst, ohne dass er davon weiß, könnte ich dir helfen. Es ist nicht ganz legal und auch nicht ungefährlich, wenn er dahinter kommt. Dafür umso interessanter und aufschlussreicher für dich.«

Mia riss die Augen auf und sprudelte ein »Na los, raus damit!« zwischen einem Lachsstücken mit Mayonnaise hervor.

»Okay, pass auf. Ich habe einen Teddybären, ungefähr dreißig Zentimeter groß und braun. Er sieht wie ein ganz normaler Teddy aus, doch er hat eine Kamera eingebaut. Diese Kamera überträgt das Gefilmte direkt auf deinen Fernseher, wo du eine DVD mitlaufen lassen kannst.«

Mit gemischten Gefühlen machte ich eine Pause, um ihre Reaktion abzuwarten.

Doch anstatt zu überlegen und die eventuellen Konsequenzen abzuwägen, rief sie begeistert: »Her mit dem Ding!«

Entspannt lehnte ich mich zurück und freute mich, Mia einen großen Wunsch erfüllen zu können.

Wir aßen weiter, sprachen noch über diverse Dinge und Angelegenheiten, bis wir einen so vollen Bauch hatten, dass wir nicht mehr sprechen konnten. Kugelrund setzten wir uns mit letzter Kraft ins Auto, fuhren nach Hause und legten uns auf die Couch, um zu verdauen. Beide schworen wir uns, nie mehr wieder so viel zu essen, beziehungsweise nie mehr wieder eine solche anregende Unterhaltung während des Essens zu führen, das uns zur Völlerei verführte.

***

Am nächsten Tag rief mich Mia an und erklärte, sie habe sich das Angebot mit dem Teddy überlegt und dabei einen Haken gefunden, nämlich: Wann konnte sie sicher sein, dass er die Puppe aus dem Schrank holen würde?

Nun war guter Rat teuer, denn mir fiel auch nichts ein. Entmutigt setze ich mich auf einen Stuhl und überlegte. Wir rätselten eine Weile herum, ohne dass wir zu einem brauchbaren Ergebnis kamen. Als Mia schon aufgeben wollte, kam mir dann doch die zündende Idee. »Wie wäre es, wenn du Evan eine ganze Woche den Sex verweigerst. Kurz bevor du in den Spanischkurs gehst, machst du ihn heiß. Aber er darf keine Chance bekommen, über dich herzufallen. Du musst gehen, wenn er geil ist und einen richtigen Ständer hat.«

»Und dann wird er nicht schnell genug ins Schlafzimmer kommen können, um die Puppe auszupacken«, vervollständigte sie meine Gedanken.

»Ganz genau! Den Teddy platzierst du schon einige Tage zuvor an einer geeigneten Stelle im Schlafzimmer. Am besten auf deinem Nachttisch. Ich nehme an, dass er deine Sachen in Ruhe lässt.«

»Möchtest du vielleicht jetzt mit dem Teddy zu mir kommen? Dann können wir vor Ort testen, wo er am besten steht. Du schaust in meinem Hobbyraum auf den Fernseher und ich justiere den Kleinen daneben im Schlafzimmer.«

**

In weniger als einer halben Stunde war ich in Mias Haus und staunte nicht schlecht, wie feudal meine Freundin wohnte. Die großzügigen Räume waren nach oben hin zu einer Galerie offen, auf die man über eine breite, schwere Treppe gelangte.

»Ist geerbt«, kommentierte Mia, die mein Erstaunen bemerkte. »Mein Vater ließ es mit dem Geld seiner Abfindung bauen. Ein halbes Jahr nach der Fertigstellung ist er verstorben.«

Noch ehe ich mein Bedauern ausdrücken konnte, hatte sie mich schon am Ärmel gepackt und auf die Stufen gezerrt. »Hast du den Teddy mit? Ich bin ja schon so gespannt, ob Evan auf den Trick reinfällt. Ich werde ihm gleich heute Abend den Teddy zeigen und Evan erzählen, dass du ihn mir geschenkt hast. Somit ist er mit Sicherheit nicht mehr interessant für ihn. Dann kann der Teddy auf seinem Platz sitzen und seine Arbeit verrichten.« Mia freute sich tierisch und war ganz aufgeregt.

Das Schlafzimmer war ebenso überdimensioniert wie all die anderen Räume im Haus. An beiden Seiten des riesigen Rundbettes, auf dem locker vier Personen Platz fanden, standen jeweils ein Nachtschränkchen sowie eine Art Schminktisch mit einem großen Spiegel. Auf Mias Seite drängten sich Kosmetika, Schminkutensilien, Schmuck und Parfums. Evans Tisch hingegen war mit Stapeln von Zeitungen und Büchern vollgepackt. Auf den stummen Dienern stapelte sich die Kleidung von drei Tagen; bei diesem Chaos würde der Teddy sicher nicht auffallen.

Ich nahm den kleinen Kerl aus meiner Tasche und zeigte ihn Mia. Rasch erklärte ich ihr, wie sie ihn bedienen musste und wo sich das Kameraauge befand. Wir positionierten ihn auf ihrem Schminktisch und gingen dann drei Türen weiter in ihren Hobbyraum. Dort hatte sie unter anderem einen kleinen Fernseher mit angeschlossenem DVD-Player.

»Perfekt«, sagte ich, »hier kommt Evan bestimmt nicht rein, um fernzusehen, wenn er fertig ist und du noch nicht vom Kurs zu Hause bist.«

»Nein, diesen Raum betritt er so gut wie nie. Hier ist die DVD absolut sicher«, grinste sie.

Während sie den Fernseher sowie den Rekorder aufdrehte, betrachtete ich ihr voluminöses Hinterteil. Er kam in gebückter Haltung so richtig zur Geltung und sah unter dem gespannten Jeansminirock einfach zum Anbeißen aus. Und gerade als ich mir wünschte, sie würde keine Strumpfhose tragen, lief sie ins Schlafzimmer, um den Bären so einzustellen, dass er das ganze Bett zeigte. Ich rief ihr zwei Mal zu, sie solle ihn noch ein wenig nach rechts drehen und schließlich war seine Position perfekt. Vom Hobbyraum aus konnte ich das ganze Bett sowie Evans Spiegeltisch sehen. Die Vorstellung, dass er auf diesem Bett eine Puppe ficken würde, machte mich ganz kribbelig.

Mia stürmte zu mir in den Hobbyraum und schickte mich ins Schlafzimmer. Sie rief mir zu, ich sollte mich auf das Bett setzen, damit sie die Qualität der Aufnahme prüfen könnte. Ich nahm also Platz und sah direkt in die Kamera.

»Was bist du denn für eine Langweilerin?«, ertönte es frustriert aus dem Hobbyraum. »Na los, zeig mal, was du drauf hast!«

Fragend starrte ich in die Kamera und bewegte mich kein bisschen. Irgendwie kam ich mir dumm vor, wenn ich mich hier wie in einer Peepshow aufführte. Doch plötzlich dachte ich: *warum nicht,* und ließ mich nach hinten auf meine Ellenbogen fallen. Die Beine streckte ich abwechselnd nach oben und stöhnte. Dann kniete ich mich so aufs Bett, dass ich dem Teddy meine Kehrseite zuwandte. Aufreizend wackelte ich damit und schlug mich auf die rechte Backe. Dann richtete ich mich auf und ließ mein Becken kreisen, während ich den Reißverschluss meiner Jeans öffnete. Langsam zog ich die Hosen ein Stück nach unten, sodass meine Pofalte sichtbar wurde. Und genau in diesem Moment sprang ich vom Bett und rief: »Ende der Vorstellung! Für alles andere musst du bezahlen!«

Lachend lief ich in den Hobbyraum und ließ mich mit Schwung auf Mias Schoß fallen. Sie ächzte kurz unter meinem Gewicht, nahm mich dann aber in den Arm und wir kuschelten uns lachend aneinander.

Da wir aber hier waren, um uns die DVD anzusehen, drückte sie die Fernbedienung und ich sah mich selbst im Fernsehen.

Mein Hintern war darin mächtig und ich wollte sofort, dass sie die Aufnahme löschte. Abgesehen davon war die Teddykamera wirklich spitze. Sie hatte einen weiten Aufnahmewinkel und lieferte ein scharfes Bild. Jetzt mussten wir nur noch bis zum Freitag warten und hoffen, dass er dann auch Lust auf seine asiatische Freundin hatte.

Noch während wir darüber sprachen, wie Mia ihn aufheizen, zappeln lassen und dann in den Kurs gehen würde, rief Evan an. Ich sah das als schlechtes Omen und wechselte nach dem Telefonat sofort das Thema.

10. TruckerBoys

Evan blieb noch eine Nacht weg und Mia war völlig aufgekratzt. Sie wollte etwas unternehmen, sich amüsieren, das
Leben spüren. Im Nu war sie im Badezimmer verschwunden
und kam nach nur wenigen Minuten ausgehfertig heraus. Sie
trug einen grellgelben Minirock zu schwarzen Strümpfen und
einem strassbesetzten schwarzen Top. Hochhackige Schuhe
sowie eine gelbe Lederhandtasche rundeten das Bild ab. Ich
bewunderte ihren Sinn für perfekt abgestimmte Kleidung.
Neben ihr kam ich mir wie ein graues, vertrocknetes Mauer-
blümchen vor, das noch einiges zu lernen hatte.

In ihrer ungestümen Art packte sie mich am Ellenbogen
und zerrte mich aus dem Haus hinein in ihr Auto.

»Jetzt fahren wir in ein Lokal, in dem richtig viel los ist«,
sagte sie aufgeregt und startete den Wagen. Wir nahmen die
nächste Autobahnauffahrt und schon nach kurzer Zeit waren
wir am Ziel. Es war eine eher kleine Autobahnraststätte mit
einem großen Parkplatz für unzählige Lastwagen und einem
im Dunkeln liegenden Spielplatz. Das Lokal selbst war auch
klein und sah von außen ein wenig heruntergekommen aus.
Das Gebäude hätte einen neuen Anstrich vertragen können.
Doch innen war es ganz passabel. Musik kam aus einer Jukebox,
Rauchschwaden hingen über den Köpfen der Leute. Es war
nicht gerade ein Lokal der gehobenen Klasse, aber es versprach
einige Bekanntschaften in unserem Alter.

Wir stellten uns an die Bar, bestellten einen Drink und wurden prompt darauf eingeladen. Ein Mann um die dreißig wollte die Rechnung übernehmen und gesellte sich zu uns. Sancho war ein mexikanischer Truckfahrer, der sehr gut englisch sprach und einen ungeheuer erotischen Charme versprühte. Eigentlich konnte ich nicht behaupten, dass er hübsch oder besonders gut gebaut war; und doch hatte er mich innerhalb weniger Minuten um den Finger gewickelt. Mit wahrscheinlich übertriebenem mexikanischen Akzent brachte er mich immer wieder zum Lachen und dazu, ihn zu berühren. Nur kurz am Unterarm oder an der Schulter. Und auch er streckte immer wieder seine Hand nach mir aus, strich mir zärtlich über das Kinn oder die Haare. Er erweckte eine gewisse Vertrautheit in mir.

Mia unterhielt sich währenddessen mit zwei anderen Kerlen. Mit ihrer offenen Art zog sie immer mehr Männer an und bald befanden wir beide uns inmitten einer Gruppe von Truckfahrern, die uns abwechselnd Drinks spendierten. Ausgelassen flirteten wir mit den Burschen und amüsierten uns köstlich. Aus den zufälligen Berührungen wurde langsam Nähe und auch die ersten Küsse flogen von einem zum anderen.

Unsere angeheiterte Stimmung übertrug sich auf die anderen Truck-Fahrer, auch wenn sie keinen Alkohol genossen hatten. Bald befand sich das gesamte Lokal in Partystimmung und es wurde gelacht, getanzt und uns beiden weitere Drinks spendiert. Wir tanzten abwechselnd mit den Männern und waren nun so weit beschwipst, dass wir lasziv wurden. Wir geizten nicht mit unseren Reizen, was uns natürlich bewundernde Blicke der Anwesenden einbrachte, die wir sehr genossen.

Nach rund zwei Stunden war mir vom Tanzen und vom Alkohol ziemlich heiß und ich zerrte Mia hinaus ins Freie, um mich abzukühlen. Und als ob ich nicht nur Mia, sondern auch die anderen Gäste an die Hand genommen hätte, stand die ganze Sippe plötzlich vor dem Lokal.

Sancho kam auf mich zu und tanzte mit mir küssend in Richtung Kinderspielplatz, der im Dunkeln lag. Mia folgte uns mit ihrem Typen, der sie schon vor einer Weile angebaggert hatte. Sancho entledigte sich während des Küssens seiner Hose und setzte sich auf eine Schaukel. Er öffnete die Schenkel, nahm mich lächelnd an den Hüften und zog mich sanft auf die Knie. Sein Luststab ragte mir bereits prall und dick entgegen. Lüstern schloss ich meine Augen und begann, ihn mit meinen Lippen zu massieren. Doch er hielt meinen Kopf sanft in seinen Händen. Er positionierte ihn so, dass ich gerade noch die Schwanzspitze zwischen den Lippen hatte und begann, mit der Schaukel leicht vor und zurück zu wippen. Immer wieder tauchte er seinen Schwanz tief in meinen Mund und zog ihn wieder zurück. Mit nach oben gestreckten Armen klammerte er sich an den Ketten fest, ließ den Oberkörper ein wenig nach hinten fallen und legte den Kopf in den Nacken. Wie in Trance stöhnte und wippte er, stieß immer wieder mit seinem dicken Luststab in meinen Mund und erregte mich. Ich spürte, wie meine Pussy zu kribbeln begann und ein Lusttropfen nach dem anderen meine Spalte entlanglief.

Lüstern fasste ich mir zwischen die Beine und fand einen nassen Stringtanga vor. Im gleichen Rhythmus wie der Mundfick umkreiste ich mit einem Finger sanft meine Lustperle und schon nach wenigen Augenblicken vertiefte sich auch meine Atmung und kam nur noch stoßweise. Meine Geilheit steigerte sich von Sekunde zu Sekunde und ohne jegliche Vorwarnung ließ ich von seinem Kolben ab, stand auf, zog meinen Stringtanga zur Seite und setzte mich auf den nassen Luststab. Meine Beine legte ich über seine noch immer weit gespreizten Schenkel, hielt mich ebenfalls an den Ketten fest und begann mit einem heftigen Ritt. Meine heiße Pussy stand nun völlig offen und wurde von der Kühle der Nacht umweht.

Doch nicht nur die sanfte Brise war an meiner Muschi zu spüren. Ich öffnete kurz die Augen und sah einen weiteren Trucker, der vor mir kniete und die Zunge weit herausstreckte. Bei jeder Auf- und Abwärtsbewegung leckte seine Zunge über meine Perle und auch den Schwanz von Sancho. Die weiche, nasse Zunge machte mich noch schärfer und ich ritt Sancho mit schnelleren Hüpfern.

Nun wurden auch die anderen Männer mutig und kamen aus der Dunkelheit. Vermutlich hatten sie uns aus der Ferne beobachtet, aber nicht den Mut gehabt, sich zu uns zu gesellen. Einer der Trucker zog mein Top nach unten und leckte an meinen harten Nippeln. Die anderen hatten ihre Schwänze aus der Hose geholt und spielten damit. Alle Augen waren auf mich gerichtet und ich wurde davon so scharf, dass ich mit einem lauten Schrei in einem Orgasmus explodierte. Während ich mich fest auf Sanchos Schoß presste, leckte der Mann flink und hart an meiner Pussyknospe. Wie ein Feuerball verbrannte ich in den Wogen der Lust und ließ mich nach hinten auf Sancho fallen. Keuchend und bebend lag ich auf dem Mann und kostete das abklingende Feuer aus.

Doch kaum hatte ich die Augen wieder geöffnet, zog mich einer der Männer von Sancho herunter und hob mich hoch. Indem er sich ein wenig nach hinten beugte, konnte er ohne Umschweife in mich eindringen. Ich schlang meine Beine um den Mann und spürte, wie sich von hinten noch jemand an mir zu schaffen machte.

Der Mann hinter mir platzierte seinen Riemen vorsichtig an meiner Rosette und schob ihn Zentimeter für Zentimeter in mich. Ich hatte Angst, dass er mir wehtun könnte, doch er verharrte ein wenig und fing dann ganz langsam an, mich mit langsamen Bewegungen zu ficken. Als es mir so richtig Spaß machte, legte er los und zeigte mir, was »Griechisch« bedeutete. Gleichzeitig steckte der Kolben des Vordermanns in meiner Muschi und ich konnte spüren, wie die beiden Schwänze aneinanderrieben. Allein das Wissen, dass die zwei Männer sich nun auf eine solche Weise spürten, machte mich extrageil.

Kurz bevor ich ein weiteres Mal kommen konnte, krallte sich der Hintermann mit den Fingern in meine Hüften, stieß ein paar Mal kurz und hart in mich und vergrub mit schnellen Atemstößen sein Gesicht an meinem Hals. Er keuchte ein paar Mal und zog sich dann langsam zurück. Doch keine zwei Sekunden später drängte sich bereits der Nächste in meine Rosette. Die anderen standen um uns herum, sahen uns mit lüsternen Blicken an und rieben heftig an ihren Schwänzen.

Der Mann, der mich gerade von hinten nahm, dürfte schon vom Zusehen so geil geworden sein, dass er sich nicht lange zurückhalten konnte und kam nach wenigen Sekunden mit einem langgezogenen, dumpfen Schrei zum Orgasmus. Doch kaum war dieser verklungen, wurde er unsanft weggezogen und mein Loch mit dem nächsten Schwanz gefüllt. Es war ein Fick, der niemals zu enden schien und ich genoss jeden einzelnen Stoß.

Den Trucker, der mich in die Muschi fickte, verließ die Kraft und er zog mich ohne Vorwarnung von dem Schwanz in meiner Rosette. Aber noch ehe ich protestieren konnte, lag ich auf dem Bauch. Der Mann hob mein Becken hoch und drang wieder in mich ein und kaum hatte ich begriffen, was hier vor sich ging, hatte ich auch schon einen Schwanz im Mund.

Die Männer wechselten sich ab und ich verlor mich im Taumel der unzähligen Orgasmen, die ich beinahe ohne Unterbrechung hatte. Ein Schauer nach dem anderen durchflutete mich und ich konnte zwischen den Männern nicht mehr unterscheiden, wer mich nun schon genommen und wem ich bereits einen geblasen hatte. Doch nach geraumer Zeit waren auch die Männer ausgelaugt und saßen nur noch auf den Spielgeräten.

Der Letzte, der sich mit mir vergnügte, war Sancho. Er legte sich auf ein Klettergerüst, zog mich auf sich und ließ sich von mir reiten. Dieser Abschlussritt bescherte mir zwar keinen weiteren Orgasmus mehr, aber ich genoss ihn dennoch.

Nachdem er sich in mich entladen hatte, zogen wir uns wieder an und suchten nach Mia und ihrem Begleiter. Die beiden waren bereits ins Lokal gegangen, um dort auf mich zu warten. Ich nahm noch einen Drink mit ihr und die Trucker verabschiedeten sich. Jeder beteuerte, dass dies die beste Nacht seines Lebens gewesen war. Ich konnte mich dieser Meinung nur lächelnd anschließen.

***

Am Freitag rief ich vom Büro aus Mia an und fragte, ob sie nun bei ihrem Plan blieb, ihren Mann Evan scharf zu machen und dann der Teddykamera zu überlassen. Mia fragte überschwänglich, weshalb sie es nicht tun sollte. Sie würde wirklich zu gern wissen, was er in ihrer Abwesenheit triebe und jetzt wäre die beste Gelegenheit, um es herauszufinden. Mit einem Lächeln auf den Lippen legte ich auf und freute mich, eine solche Frau zur Freundin zu haben. Sie zeigte mir, wie man lebte und nicht nur träumte.

***

Am Abend war ich ein paar Minuten früher vor der Schule und wartete gespannt auf meine Freundin. Doch selbst als die Glocke den Spanischunterricht bereits eingeläutet hatte, tauchte sie nicht auf. Enttäuscht schlug ich das Buch auf und versuchte, mich auf den Unterricht zu konzentrieren. Aber meine Gedanken schweiften ständig ab. Ich stellte mir vor, wie sie ihren Mann verführte und letztendlich ihrer eigenen Geilheit unterlag.

Doch nach rund zwanzig Minuten klopfte es zaghaft an der Tür und Mia kam herein. Mit einem Augenzwinkern setzte sie sich neben mich, packte ihre Bücher aus und konzentrierte sich auf den Lehrer. Dominik fuhr mit dem Lehrstoff fort und gab Mia noch ein wenig Zeit, um sich einzufinden.

Da ich unbedingt wissen wollte, ob unser Plan funktioniert hatte, tippte ich sie an und hob fragend die Schultern. Sie verstand und reckte ihren rechten Daumen in die Höhe. Also hatte dieses kleine Luder es tatsächlich geschafft, ihn heiß zu machen und dann zu gehen. Meine Bewunderung stieg erneut.

Sobald der Unterricht zu Ende war, wollte ich schleunigst vor die Tür, um Genaueres zu erfahren. Doch Dominik bat mich, kurz zu bleiben. So überredete ich Mia, zwei Minuten zu warten.

»Zwei Minuten, aber keine Sekunde länger!«, drohte sie mit einem Lächeln und verschwand aus dem Klassenzimmer.

Dominik wollte mich küssen, doch mir war in diesem Moment nicht danach. Alles, was ich wollte, war die Erzählung Mias. Ich schlug Dominik vor, ihn am nächsten Tag anzurufen. Er zeigte sich zwar etwas unerfreut darüber, aber er musste sich damit zufrieden geben. Wahrscheinlich hatte er sich einen Quicky im Klassenzimmer erhofft, ehe er zu seiner Frau und seinen Problemen nach Hause fuhr. Aber heute war mir nicht nach Quicky, denn ich war vom Vortag noch völlig befriedigt. Im Moment konnte ich mir gar nicht vorstellen, jemals wieder geil zu werden. So ein Gangbang war wirklich zufriedenstellend.

Nach einem gehauchten Kuss auf den Mund lief ich vor das Schulgebäude und sah Mia auf der Kühlerhaube ihres Wagens sitzen. Sie grinste mich breit an und nannte mich eine neugierige Nase. Ohne diese Aussage zu kommentieren, setzte ich mich ebenfalls auf die Kühlerhaube und sah sie erwartungsvoll an.

»Nun«, sagte sie langgezogen, um die Spannung zu erhöhen, »er war von der Reise und der Arbeit ziemlich erledigt und ich hatte einige Mühe, in ihm Feuer zu entfachen. Als er dann doch in Fahrt kam, war ich auch scharf und wollte nicht unbefriedigt in den Kurs gehen. Na ja, deswegen habe ich mich von ihm auf dem Küchentisch lecken und mit dem Vibrator befriedigen lassen. Aber eigentlich bin ich gar nicht befriedigt, sondern noch immer scharf. Ein einziger Orgasmus ohne sein bestes Stück reicht einfach nicht. Aber das weißt du ja selbst am besten!«

Sie stieß mich freundschaftlich mit dem Ellenbogen in die Seite, sodass ich beinahe von der Kühlerhaube gerutscht wäre. Lachend hielt ich mich an ihr fest und sie drückte mich liebevoll an sich.

»Evan ist mir regelrecht nachgelaufen und hat um einen Quicky gebettelt. ›Nur ein paar Stöße, bitte!‹, hat er gefleht. ›Wichsen ist mir jetzt eindeutig zu wenig. Ich muss ficken!‹«

»Und das war das Stichwort, um dich auf den Weg zu machen«, vollendete ich ihre Schilderung.

Mia nickte vielsagend.

»Sehr clever!«, freute ich mich. »Jetzt kannst du davon ausgehen, dass er sich nicht einfach nur einen runterholt, sondern sich die kleine Lady aus dem Schrank schnappt. Echt clever! Du bist einfach unschlagbar!«

»Ich hoffe es zumindest. Morgen früh können wir es überprüfen. Er wird wohl wie immer zwischen neun und elf Uhr laufen gehen. Komm gleich um neun zu mir, dann sehen wir uns den Film an – und ich hoffe, er zeigt nicht nur ein leeres Schlafzimmer. So, und jetzt mach, dass du von meinem

Wagen kommst, ich muss nach Hause und Evan ein weiteres Mal fordern.«

Ich wünschte ihr viel Vergnügen.

***

Als die Rücklichter ihres Wagens im Straßenverkehr verschwunden waren, überfiel mich plötzlich eine tiefe Traurigkeit, von der ich wusste, es hatte mit meiner Einsamkeit zu tun. Ich kannte dieses Gefühl aus meiner Ehe. Auch damals fühlte ich mich streckenweise einsam.

Nach Hause gehen wollte ich jetzt keinesfalls, wusste aber nicht, wohin ich sonst gehen konnte.

Ich sah auf die Uhr. Dominik war noch nicht zu Hause. Rasch wählte ich seine Nummer und er hob gleich ab. Nachdem ich ihn begrüßt hatte, wusste ich nicht, was ich sagen sollte. Ich konnte ihm schlecht mitteilen, dass er meine Einsamkeit vertreiben sollte. Also stotterte ich herum und meinte, dass ich ihn doch gern sehen würde. Es wäre ein Fehler gewesen, ihn nach dem Unterricht so schroff zu behandeln und dass er mir jetzt fehlen würde. Ich kam mir richtig mies vor, aber im Moment war mir jedes Mittel gegen dieses schwarze Loch recht.

Dominik bemerkte meine Taktik nicht und war hoch erfreut, mich noch sehen zu dürfen. Aber er hatte nicht viel Zeit, da er seiner Frau versichert hatte, gleich nach dem Unterricht direkt nach Hause zu fahren. Obwohl es mich frustrierte, bot ich ihm an, in seine Richtung zu fahren, damit wir uns wenigstens kurz sehen konnten. Er willigte ein und ich gab ordentlich Gas.

***

Als ich am vereinbarten Treffpunkt ankam, hatte er eine Decke auf der Wiese hinter den Büschen ausgebreitet. Ohne auch nur ein einziges Wort zu sagen, legte ich mich zu ihm und küsste ihn leidenschaftlich. Sofort spürte ich seine erwachte

79

Männlichkeit an meinem Schritt. Rasch zog ich mich aus und präsentierte mich ihm nackt. Ich ließ mich küssen, streicheln und mit mir spielen. Immer wieder drückte ich seinen Kopf zwischen meine Beine, damit er meine Lustperle mit seiner Zunge verwöhnen konnte. Er war leidenschaftlich und ich genoss diese Hingabe in vollen Zügen.

Doch eine halbe Stunde später erklärte er mir mit schlechtem Gewissen, dass er mich nun verlassen musste. Obwohl ich nicht wollte, dass er geht, zeigte ich Verständnis. Ich bot ihm an, mich noch schnell ficken zu dürfen, ohne auf mich Rücksicht zu nehmen.

Dominik sah mich verliebt an, lehnte aber dankend ab. »Dass ich dich heute sehen durfte, reicht mir vollkommen aus. Ich hatte dich sehr vermisst und ob ich nun einen Orgasmus habe oder nicht, ist nicht so wichtig. Es ist schön zu wissen, dass auch du mich vermisst und zusätzlich Verständnis für meine familiäre Situation hast. Danke.«

Er küsste mich auf die Stirn und ging zu seinem Wagen, ohne sich umzudrehen.

Er ist ein guter Mann, dachte ich und blieb nackt auf der Decke liegen. Meine Einsamkeit war wie weggeblasen. Die Berührungen hatten mir ebenso gutgetan wie seine komplette Aufmerksamkeit. Erfrischt zog ich mich an, nahm seine Decke mit ins Auto und fuhr mit den Gedanken an Evan und Mia nach Hause.

11. PlastikLady

Am nächsten Morgen erwachte ich rechtzeitig und es drängte mich aus der Wohnung. Da es zu früh war, um zu Mia zu fahren, streifte ich mir meine Laufschuhe über und machte mich auf den Weg. Ein wenig Bewegung konnte nicht schaden. Während ich lief, dachte ich immer wieder an Dominik und daran, dass seine Frau ihn nur noch als Bankomat benutzte. Sie wollte mit ihm keinen Sex mehr haben, obwohl ich fand, dass er ein ausgezeichneter Liebhaber war. Trotz seiner Aufgeschlossenheit war er einfühlsam und achtete sehr darauf, dass die Frau auch auf ihre Kosten kam. Einen solchen Mann würde ich mir für mein Leben wünschen. Allerdings nicht jetzt, denn ich hatte während meiner Ehejahre so vieles versäumt, was ich nun nachholen wollte. Im Moment war ich mit der Situation absolut zufrieden.

***

Nach zwei Stunden kam ich ausgepowert, geduscht mit Frühstück im Bauch und sehr aufgeregt bei Mia an.

»Und, wie sieht es aus? Ist Evan schon unterwegs?«, fragte ich und bekam ein grinsendes Nicken zur Antwort.

»Hast du nachgesehen, was auf der DVD zu sehen ist?«, drängte ich meine Freundin.

»Natürlich nicht«, antwortete sie empört. »Ich habe auf dich gewartet und bin eigentlich davon ausgegangen, dass du pünktlich sein würdest. Aber auf dich ist auch kein Verlass mehr!«

Lachend stieß sie mich in die Seite und lief die Treppe zu ihrem Hobbyraum hoch. Ich stolperte ihr hinterher und setzte mich gespannt neben sie auf das Sofa. Mia startete die Aufnahme. Doch zu unserer Enttäuschung war nur das leere Schlafzimmer zu sehen. Immer wieder übersprang sie ein paar Minuten, doch es kam lediglich das gleiche Bild. Enttäuscht wollte sie schon ausschalten, als plötzlich ein Schatten sichtbar wurde.

»Ha!«, rief sie erfreut aus. »Wir haben uns doch nicht in ihm getäuscht!«

Erwartungsvoll rückte sie an die Kante des Sofas und sah auf den Bildschirm. Auch ich schob mich auf dem Sofa nach vorn, als ob ich dadurch mehr vom Schlafzimmer sehen würde.

Evan kam nackt in den Fokus der Kamera und kniete sich auf das Ehebett. Seine Männlichkeit war erigiert und er spielte bereits damit.

Mia sah mich an und ich grinste breit.

»Ich hoffe, er bietet uns noch mehr«, sagte ich enthusiastisch zu ihr.

»Das hoffe ich auch«, flüsterte sie, ohne mich anzusehen.

Evan spielte ein wenig an sich herum, schien in Gedanken versunken. Es mochte keine rechte Stimmung aufkommen und er ließ auch recht bald wieder von seinem Ständer ab. Ratlos kniete er auf dem Bett, dann ließ er sich fallen und lag einen Moment still auf dem Rücken. Wir beide waren enttäuscht und maulten, als Evan aus dem Bild ging. Mia zog die Schultern hoch und hob die Arme.

»Tja, das war's anscheinend. Viel geboten hat er uns nicht gerade. Lass uns ins Café gehen und ein Croissant essen. Auf diese Enttäuschung hin haben wir uns das verdient.«

Ohne auf den Fernseher zu achten, nahm sie die Fernbedienung und wollte ausschalten, als ich Evan wieder ins Bild kommen sah.

»Halt!«, rief ich und nahm ihr die Fernbedienung aus der Hand. »Da ist er!«

Mia sah verwundert auf den Bildschirm und erblickte ihren Mann mit der bereits aufgeblasenen Puppe in der Hand.

»Bingo!«, rief sie erfreut.

Gespannt saßen wir auf dem Sofa und fixierten den Bildschirm, während Evan zwei seiner Finger mit Gleitgel benetzte und sie der auf dem Bett liegenden Puppe in die Muschi rammte. Dabei leckte er an ihren harten Nippeln und ließ sein Becken gierig auf der Decke kreisen. Mit langsamen Fickbewegungen tauchte er seine Finger immer wieder in die Pussy ein und stöhnte dabei: »Ja, Baby, das ist gut. Du bist so schön nass! Deine enge Muschi ist so geil, du kleines Fickstück! Ohhh, Chantal!«

»Chantal?«, riefen wir gleichzeitig und sahen uns mit aufgerissenen Augen an. Im nächsten Moment prustete ich los und Mia fiel mit ein. Wir bogen uns vor Lachen, umarmten uns und hatten bald Tränen in den Augen. Aber wir mahnten uns zur Disziplin, da wir keine Sekunde von dem Schauspiel versäumen wollten. Rasch setzten wir uns wieder nebeneinander hin und sahen gebannt auf den Fernseher. Das Schmunzeln konnten wir uns jedoch nicht verkneifen.

Evan war gerade dabei, ihre gelglänzende Pussy zu lecken. Dafür kniete er sich zwischen die Beine der Plastiklady, spreizte mit den Fingern der linken Hand ihre Muschi und rieb mit der rechten Hand seinen Schwanz, der schon dick und dunkelrot war. Hingebungsvoll leckte er die Öffnung, küsste sie, saugte daran und schob seine Vorhaut genüsslich vor und zurück. Seine Zunge umkreiste das enge Loch, leckte es und fickte es. Er stöhnte immer lauter und ließ sein Becken kreisen.

Als er plötzlich die Luft scharf einsog, ließ er sich zur Seite fallen und presste den Atem in kurzen, heftigen Stößen aus.

Er tastete nach etwas, das außerhalb des Kamerafocus' lag. Ich war gespannt, was er nehmen würde. Vorerst konnten wir es beide nicht erkennen, aber als er es dann auf sein Gemächt legte, sahen wir, dass es ein Eisbeutel war.

»Dieser raffinierte Kerl lässt seinen Schwanz durch das Eis schrumpfen, damit er länger durchhält. Und bei mir ist er ruck zuck fertig. Na warte, Bürschchen! Ab heute wird sich einiges ändern!«, sagte Mia verärgert.

Ich legte ihr beruhigend die Hand auf den Oberschenkel und hielt ihr den Orangensaft vor die Nase. Sie trank einen Schluck und beruhigte sich wieder.

Evans Schwanz war in der Zwischenzeit weich und klein geworden. Den Eisbeutel hatte er zur Seite gelegt und fingerte wieder an seiner Bettgefährtin herum. Dieses Mal drang er mit den Fingern in ihren Hintereingang ein, erst zwei Finger, dann drei. Er keuchte erneut und rutschte mitsamt der Lady über die Bettkante auf den Boden. Er positionierte sie so, dass sie mit dem Oberkörper auf dem Bett lag und ihm ihre runden Backen entgegenreckte.

Dann kniete er sich hinter sie und drang mit vier Fingern in ihren Hintereingang ein. Sein Schwanz stand bereits prall aufrecht und ein kleiner Lusttropfen bahnte sich den Weg von der Eichelspitze hinunter auf den Boden. Keuchend stieß er die vier Finger wieder und wieder hinein, hielt die Plastiklady mit der anderen Hand am Hals fest und murmelte: »So, du kleines Luder! Jetzt werde ich dir zeigen, was es heißt, unartig zu sein. Wer nicht hören will, muss fühlen, du kleine Drecksschlampe!«

Vom Boden hob er ein schwarzes Seil auf und fesselte damit ihre Hände. Das zweite Seil band er um ihre Oberschenkel und zog es straff. Dann verschwand er vom Bildschirm.

Verwundert sah ich Mia an und fragte, ob sie damit gerechnet hatte. Sie schüttelte den Kopf und starrte gebannt auf den Fernseher.

Als Evan wieder ins Bild kam, hatte er einen roten Ballkne-
bel in der Hand, den er seiner Gespielin in die Mundöffnung
steckte und ihn am Hinterkopf verschloss.

»Jetzt kannst du so lange schreien, wie du willst. Winsel
ruhig!«, bellte er. »Hier wird dich keiner hören. Du gehörst
jetzt mir! Mir allein!«

Mit diesen Worten kniete er sich auf den Boden und zwängte
seine ganze Hand in den Hintereingang. Mit zusammenge-
bissenen Zähnen rammte er die Hand mit kurzen Stößen in
die Puppe. Sein Schwanz stand waagrecht von ihm ab und
ein dünner Faden seiner Lust dehnte sich in Richtung Boden.

Als ich dachte, er würde das Plastik mit seiner Hand zer-
reißen, zog er sie zurück und griff hinter sich. Er holte einen
Analstöpsel, gab reichlich Gleitgel darauf und führte ihn sich
ein.

»Wow!«, sagte ich tonlos und starrte auf den Film.

Evan beugte sich ein wenig vor und fickte sich mit dem Plug
ein paar Mal ziemlich heftig in den Po. Dann führte er seinen
Schwanz bis zum Anschlag in die gelnasse Muschi ein und
stieß ordentlich zu. Nach nur wenigen Stößen sog er scharf
die Luft ein und zog seinen Schwanz heraus. Ein weiteres Mal
kühlte er sich mit dem Eisbeutel ab.

Es dauerte nicht lange, da ging es in Runde drei. Er entfernte
den Plug und verschwand erneut aus dem Bild. Gleich darauf
kam er mit einem Metallständer zurück, an dem ein dicker,
fleischfarbener Vibrator in horizontaler Ebene befestigt war.
Er kniete sich vor den Vibrator, öffnete seinen Mund und
begann ihn zu blasen. Genüsslich leckte er an den Hoden,
ließ seine Zunge am Schaft entlanggleiten und saugte heftig
an der dicken Eichel. Nebenbei spielte er mit seinem eigenen
Schwanz.

Dann nahm er die Gleitgeltube, trug eine dicke Schicht auf den künstlichen Luststab auf und positionierte ihn so, dass er im Knien dicht hinter ihm stand. Vorsichtig drückte Even seine Rosette auf die Spitze des Vibrators und führte ihn sich immer tiefer ein. Schon nach kurzer Zeit drückten seine Hoden gegen die Plastikhoden. Langsam schob er seinen Körper nach vorn, bis die Spitze beinahe aus der Rosette glitt. Er hielt inne, senkte den Kopf und leckte Chantals Muschi, die noch immer vor dem Bett kniete, und rammte sich den Dildo in den Arsch. Mit schnellen, heftigen Bewegungen fickte er den Vibrator, während er wie von Sinnen leckte. Immer wieder wollte er auf seinen Schwanz greifen, doch er versagte sich diesen Genuss – wahrscheinlich wäre er sofort gekommen. Stattdessen hielt er inne und rutschte auf den Knien ganz nahe an die Bettkante, den Ständer mit dem Vibrator, der tief in ihm steckte, zog er hinter sich her.

Als er gut positioniert war, setzte er seinen Schwanz an den Hintereingang seiner Lustpuppe und stieß ihn hinein. Durch diese Vorwärtsbewegung glitt der Vibrator beinahe aus seiner Rosette – aber nur beinahe. Die dicke Eichel steckte noch drin und dehnte sie. Dann zog er seinen Schwanz fast aus Chantal und stieß sich gleichzeitig den Dildo tief hinein. Ein zufriedenes Grunzen war zu hören und Evan begann, nun immer schneller und heftiger zu ficken. Er legte sich mit dem Oberkörper auf seine Gespielin, umfasste sie mit beiden Armen und stieß heftig zu. Der Vibrator surrte und drang bei jeder Bewegung tief in ihn ein. Er fickte und wurde gleichzeitig gefickt.

Ekstatisch krallte er sich um den Rumpf, keuchte und stöhnte, bis sich sich mit einem langgezogenen Schrei aufbäumte und seinen Schwanz so tief in die Rosette der Plastiklady drückte, dass der Vibrator aus seiner eigenen Rosette rutschte. Laut jammernd stieß er noch ein paar Mal kräftig zu und blieb dann keuchend liegen. Es sah so aus, als wäre er in einer anderen Welt.

Fragend sah ich Mia von der Seite an, doch sie starrte gebannt auf den Bildschirm. Auch sie schien in einer anderen Welt zu sein und löste sich erst nach etwa fünf Minuten daraus, während Evan weiterhin neben der Puppe auf dem Bett lag und sie festhielt.

»Das war ja ein Hammer!«, meinte sie und schüttelte kurz den Kopf, um wieder klare Gedanken fassen zu können. »Ich glaube, ich brauche jetzt einen Drink.« Mia stand auf.

»Hey«, rief ich mahnend. »Es ist zehn Uhr morgens! Du brauchst jetzt keinen Drink. Setz dich und sag mir, was in dir vorgeht.«

Widerstandslos ließ sie sich von mir auf das Sofa zurückziehen. Dann drehte sie sich zu mir um, sah mir in die Augen und sagte tonlos: »Das war so ziemlich das Geilste, das ich je gesehen habe.« Dann machte sich ein Lächeln auf ihrem Gesicht breit, das ich bei ihr in dieser Form noch nie gesehen hatte.

Erleichtert ließ ich mich in die Polster fallen und klatschte wie ein Schulmädchen in die Hände. »Oh ja, das war eine Vorführung der Spitzenklasse! Ich hätte nicht gedacht, dass Männer sich auf diese Weise selbst befriedigen. Jetzt habe ich etwas gelernt und es würde mich natürlich interessieren, was so manch anderer treibt, wenn er allein zu Hause ist und sich unbeobachtet fühlt.« Ich zwinkerte ihr zu und setzte mich auf.

»Hat er dich schon jemals um Analspiele gebeten? Oder hat er dir jemals einen Dildo in die Hand gedrückt, damit du ihn damit beglückst?«, fragte ich meine Freundin.

»Nein«, murmelte sie tonlos. »Ich wusste nichts von dieser Vorliebe. Und vor allem wusste ich auch nicht, dass er so kurze Seile hat ... und diesen Vibrator. Und von dem Ständer hatte ich natürlich auch nicht die geringste Ahnung. Aber er hat mir auch seine Chantal verschwiegen, weshalb hätte er mir vom Rest erzählen sollen?«

»Da ist was Wahres dran«, bestätigte ich. »Und was jetzt? Eigentlich ist das Ganze völlig anders verlaufen, als wir gedacht hatten. Was tun mir jetzt damit?«

»Archivieren und weitere Filme aufnehmen?«, fragte sie schelmisch und bleckte ihre Zähne. »Obwohl er nie schüchtern war, hatte ich doch immer das Gefühl, als würde er mir nicht vollständig vertrauen. Hier haben wir den Beweis. Und wenn ich ihn weiterfilme, weiß ich letztendlich alles über und alles von ihm. Das ist doch klasse, oder?«

Geräuschvoll stieß ich die Luft aus meinen Lungen. »Nun ja, so würde ich das nicht sehen. Wäre es dir recht, wenn Evan dich so filmen würde? Das ist Ausspionieren. Also ich finde das nicht in Ordnung. Ein Mal kann man es machen, des Spaßes wegen, aber ein zweites Mal hat schon etwas mit Kontrolle zu tun. Ich würde es nicht machen.«

»Hmm ...«, sagte Mia. »Du hast recht. Ich würde ihm den Hals umdrehen, wenn er so etwas bei mir machen würde. Na schön, belassen wir es dabei. Danke, dass du mir die Augen geöffnet hast.«

Sie beugte sich zu mir und umarmte mich. In diesem Augenblick waren wir uns ganz nahe. Doch genau in diesem Moment der Nähe hörten wir die Eingangstür und schreckten auf. Evan war nach Hause gekommen.

Mia sprang panisch auf, holte die DVD aus dem Player und suchte nach einem geeigneten Versteck. Aber als sie hörte, dass ihr Mann bereits auf dem Weg zu ihnen war, steckte sie sie rasch in meine Handtasche. Da saß ich nun mit belastendem Beweismaterial und begann zu schwitzen, obwohl Evan noch nie in meiner Handtasche gekramt hatte. Meine Fantasien, ich könnte die Treppe hinunterfallen und die DVD hinter einem Schrank landen, wo er sie dann finden würde, gingen mit mir durch. Ich war froh, dass er nur den Kopf zur Tür hereinsteckte und verkündete, dass er unter die Dusche ginge. Ich grüßte rasch und sah dann verlegen zu Boden.

Stumm sah mich Mia an, bis wir das Wasser laufen hörten. Dann nahm sie mich an den Schultern und sah mich panisch an. »Ich kann ihm jetzt nicht in die Augen sehen«, stieß sie hervor.

»Mir geht es ebenso. Lass uns von hier verschwinden, nur für zwei Stunden«, schlug ich vor.

Wortlos nickte sie und ging zum Badezimmer, um Evan zu sagen, dass wir noch mal loswollten.

12. SexShop

Im Park holten wir uns ein Eis von einem fahrbaren Stand und sahen den Enten auf dem Teich beim Schwimmen zu. Wir sprachen ein weiteres Mal über Evans Aktion und fanden an den Spielchen immer mehr Gefallen.

Als ich Mia nach Hause brachte, waren wir uns einig, nach Evans nächsten längeren Auslandsaufenthalt die Teddykamera erneut einzusetzen. Wir konnten noch so vieles von ihm lernen und freiwillig würde er uns von diesen Solospielchen niemals erzählen. Abgesehen davon, war der Film überaus anregend und ich war sicher, ihn mir zu Hause noch einmal anzusehen.

Das ganze Wochenende über ging mir dieser Film nicht aus dem Kopf. Immer wieder musste ich daran denken, wie sehr er den Analsex genossen hatte, auch wenn es nur ein Vibrator gewesen war. Ich recherchierte ein wenig im Internet und musste feststellen, dass Evan nicht der Einzige war, der großen Spaß daran hatte. Der Großteil der Männer fand ihn gut und ich überlegte mir, ob ich mit einem Strap-on umgehen und damit einen Mann ficken könnte, beziehungsweise ob es mir Spaß machen würde. In der Fantasie fühlte es sich geil an und ich beschloss, mir einen solchen zu kaufen und ihn bei Gelegenheit an und mit Dominik auszuprobieren.

***

Am Montagnachmittag rief Dominik an. Er erzählte von seinem langweiligen Wochenende, das er mit irgendwelchen uralten

Tanten, mit seiner Frau und den Kindern verbringen musste.

»Ich liebe meine Kinder, aber langsam sehe ich keinen Sinn mehr darin, meine Ehe weiterzuführen. Ein Leben mit so wenig Sex lässt sogar die Freude an meinen Kindern massiv schrumpfen.«

Ich hörte zu und war einmal mehr froh, aus meiner Ehe ausgestiegen zu sein. Hätten wir Kinder bekommen, würde ich jetzt wahrscheinlich genauso frustriert wie er sein. Ich hätte die gleichen Probleme, denn der Sex, den mir mein Mann gegeben hatte, war alles andere als befriedigend. Wenn ich zurückdachte, hatte er sich nur am Anfang bemüht, mir einen Orgasmus zu bescheren. Mit jedem weiteren Monat, den wir liiert waren, schrumpfte sein Interesse daran. Schließlich gab es nur noch einen Fick nach einer kurzen, oberflächlichen Stimulation.

Ich erinnerte mich an unser Sexleben und war deprimiert. Denn eigentlich lief es immer gleich ab. Wir zogen uns beide aus, er rieb meinen Kitzler, bis er selbst eine Erektion hatte, dann fickte er mich ein, zwei Minuten. Danach war sein Schwanz weich und ich musste ihn blasen oder mit der Hand stimulieren. Wenn er wieder hart genug war, was oft relativ lange dauerte, fickte er mich eine Minute lang. Das wiederholten wir drei bis vier Mal. Beim letzten Durchgang kam er meist innerhalb von dreißig Sekunden.

Um ihn anzuheizen, spielte ich ihm so gut wie immer einen Orgasmus vor, obwohl ich nicht einmal erregt war. Das Einzige, was ich mochte, war das Kuscheln danach und das war auch der Grund, weshalb ich bis zum Ende unserer Ehe mit ihm schlief.

Um nicht in Melancholie zu verfallen, riss ich mich aus diesen Gedanken und hielt mir vor Augen, welch brillantes Leben ich nun führte. Mich scheiden zu lassen, war die beste Entscheidung in meinem bisherigen Dasein gewesen.

Dominik sprach noch immer und es war mir peinlich, dass ich nicht zugehört hatte. Doch er war nach wie vor beim gleichen Thema und ich hatte nichts versäumt. Dass er deprimiert war, konnte ich gut nachvollziehen, aber ich konnte ihm nicht raten, sich ebenfalls scheiden zu lassen. Er würde selbst fühlen müssen, ob und wann es für ihn so weit war.

Nach geraumer Zeit bedankte er sich für mein Zuhören und legte auf, bevor ich ihn wegen eines Treffens fragen konnte. Seit ich den Film von Evan gesehen hatte, war ich dauerspitz.

Kurzerhand rief ich Dominik zurück, weil ich wusste, dass er nicht zu Hause war. Auf meine Frage nach einem Treffen schlug er mir den nächsten Tag vor, allerdings hätte er nur zwischen zwölf und sechzehn Uhr Zeit. Obwohl ich täglich bis sechzehn Uhr arbeitete, sagte ich dennoch zu. Ich würde mir einen halben Tag freinehmen, um meine Gier befriedigen zu können.

Gleichzeitig dachte ich jedoch darüber nach, einen Lover zu suchen, der kein solcher Waschlappen wie Dominik war und sich auch abends aus dem Haus wagte.

Dominik hatte vor seiner Frau so viel Respekt, dass er abends immer zu Hause blieb, dann träumte er von heißen Nächten und gutem Sex. Eigentlich stellte er sich damit ein Armutszeugnis aus.

Aber da es nicht mein Problem war, verdrängte ich diesen Gedanken und sagte meinem Chef, dass ich am kommenden Tag zu Mittag nach Hause gehen würde. Ob er meine Worte auch wirklich registriert hatte, konnte ich nicht sagen, denn er nickte, ohne von seinen Unterlagen aufzusehen.

Gleich darauf rief ich Mia an und fragte, ob sie gegen achtzehn Uhr Zeit hätte, um mit mir in einen Erotikshop zu gehen. Ich war nun von einem Strap-on ganz besessen und wollte unbedingt einen haben. Insgeheim sah ich mich schon damit in Action, und zwar mit Dominik. Obwohl ich nicht wusste, ob ihm das gefallen würde, ließ ich ihn in meiner Fantasie stöhnen und keuchen. Es konnte gut sein, dass er dieses Hilfsmittel ablehnte. Aber ich war guter Dinge, denn die anale Stimulation bei unserer nächtlichen Autosession war überaus erregend für ihn gewesen.

***

Mia wartete bereits auf der Straße als ich ankam. Während wir zum Erotikshop fuhren, redete sie ohne Unterlass, stellte mir Fragen, die sie jedoch im gleichen Moment selbst beantwortete, strich sich ständig ihr Kleid glatt und nestelte ununterbrochen an allem herum, das in ihrer Reichweite war. Thema ihrer Hektik war natürlich Evan, mit dem sie nach der Dusche Sex gehabt hatte, ihr aber eigentlich nur Standard geboten hatte. Sie fragte mich und sich, ob sie denn weniger als diese blöde Puppe wert sei.

Ich war froh, als wir beim Shop angekommen waren, denn kurz vor der Eingangstür hörte sie auf zu reden.

Wir gingen durch die Gänge und wunderten uns über die verschiedenen Fetische, zu denen es DVDs gab. Ich fragte Mia, ob sie denn einen hätte, aber sie verneinte. Ob ich einen hatte, wusste ich nicht, aber ich nahm mir vor, bei Gelegenheit darüber nachzudenken. Im Moment war ich nur darauf aus, diesen Strap-on zu finden.

Gleich an die DVD-Abteilung schloss die BDSM-Abteilung an und wir sahen uns dort um. Neben diversen Peitschen, Paddeln, Klammern, Lack- und Lederoutfits fanden wir auch einige Strap-on-Modelle. Manche waren von einer solchen Größe, dass mir angst und bange wurde. Wir fragten uns, was man wohl mit einem solchen Dildo anstellen konnte. Einige von diesen Toys sahen direkt furchterregend aus. Ich wählte deshalb ein schwarzes Model aus Leder, das einen Doppel-dildo hatte. Einen für mich und einen für ihn. Meiner war etwas kleiner, dafür dicker. Ich fragte mich, wie sich das wohl anfühlen würde und wollte eigentlich schon zu Hause sein, um ihn auszuprobieren.

Mia fand währenddessen eine Lederkorsage recht nett und probierte sie in der Umkleidekabine an. Sie öffnete die Tür und stand selbstbewusst vor mir – und auch vor den wenigen anderen Kunden des Ladens. Sie präsentierte sich wie ein Model, oder versuchte es zumindest. Sie drehte ihren Po zur Seite, schob ein Knie vor das andere und lachte unentwegt. Es schien ihr großen Spaß zu machen, sich zu zeigen.

Und sie war auch ein herrlicher Anblick. Ihre schweren Brüste wölbten sich über den Rand des Kleidungsstücks und die zartrosa Knospen luden zum Kneten und Lecken ein. Obwohl einige Kunden im Laden waren, beugte ich mich ein Stück hinunter, fasste sie an der Taille und leckte ihre Nippel. Wir machten uns nicht die Mühe, uns in die Kabine zurückzuziehen, sondern spielten gleich in der offenen Tür. Es hatte seinen ganz besonderen Reiz, zu wissen, dass wir beobachtet wurden. Zwar nur verstohlen, aber doch beobachtet.

Mia fand daran offensichtlich ebenso Gefallen und knetete meine Brüste durch das Shirt. Meine Erregung stieg rapide an und mein Herz schlug schneller. Ich drehte mich ein wenig zur Seite, um einen Blick in den Shop werfen zu können. Die wenigen Leute, die wir zuvor im Laden gesehen hatten, trieben sich nun alle in der Nähe der Umkleidekabine herum. Verstohlen sahen sie uns zu, während sie eine DVD, einen Dildo oder ein Stück Reizwäsche unnatürlich lange in der Hand hielten, ohne es zu bewegen.

Leckend und küssend fragte ich Mia, ob sie es auch geil fände, beobachtet zu werden. Sie war schon ziemlich erregt und presste nur ein »Oja!« zwischen ihren Lippen hervor. Ich schloss meine Augen, damit die Voyeure ein wenig mehr Mut fassten und uns weiterhin beobachteten. Gierig leckte ich an Mias Nippeln und knetete ihre schweren Brüste, die sich porzellanfarben vom schwarzen Lack der Corsage abhoben.

Mein Mund wanderte über die weiße, weiche Wölbung bis hinauf zu ihrem Hals.

»Sollen wir den Geilspechten eine Show liefern, die sie nicht so schnell vergessen werden?«, flüsterte ich ihr ins Ohr.

Wortlos nickte sie und ich merkte, dass ich mit diesen Worten ein Feuer in ihr entfacht hatte.

Während ich noch ihren Hals küsste, äugte ich auf das Regal gegenüber. Hier wurden die Schlaginstrumente zum Verkauf angeboten. Mit einem Schritt nach vorn nahm ich eine der ledernen Reitgerten mit Schlag vom Regal und drehte Mia mit dem Gesicht zur Kabine. Dann befahl ich ihr, sich auf dem Sessel abzustützen. Sie stand nun innerhalb der Kabine und ich in der offenen Tür. Mit einem Blick in den Verkaufsraum vergewisserte ich mich, ob wir auch alle Kunden in den Bann gezogen hatten. Erfreut stellte ich fest, dass noch ein paar vom vorderen Verkaufsareal hinzugekommen waren.

Langsam zog ich Mias Jeans bis zum halben Oberschenkel hinunter, den schwarzen String ließ ich in ihrer Poritze. Ihr rundes, pralles Hinterteil ragte nun in die Höhe und lud zum Eindringen ein. Doch ich streichelte ihn sanft und fragte Mia etwas lauter, was sie denn in einem so verruchten Laden mache.

»Nichts«, war die freche Antwort und sofort gab es einen Hieb mit der Gerte. Der Lederschlag klatschte auf ihre zarte Haut und gab ein lautes, schnalzendes Geräusch von sich.

»Tut es weh?«, fragte ich leise.

»Nein, überhaupt nicht. Du kannst ruhig ein bisschen mehr zur Sache gehen«, flüsterte sie zurück.

»Okay«, antwortete ich leise und sagte laut: »Du hast wohl den Sexshop mit einem Lebensmittelladen verwechselt, wie!«

»Nein, Madame, ich war neugierig und ich war geil. Ich wollte mir einen Vibrator kaufen, um es mir selbst zu besorgen. Und sexy Wäsche, damit mich mein Mann wieder fickt. Verzeiht, dass ich euch zuvor belogen hatte. Ich habe mich meiner Geilheit wegen geschämt und schäme mich jetzt noch mehr. Habt Mitleid mit mir!«

»Mitleid soll ich haben? Mit einem solchen geilen Luder? Ich werde dir gleich mein Mitleid zeigen!«, rief ich aus und schon klatschte die Gerte auf ihr appetitliches Gesäß, dieses Mal etwas fester als zuvor.

»Au!«, schrie sie, sog scharf die Luft ein und zuckte zusammen. »Das tut gut!«, flüsterte sie für mich.

Ich nahm diesen Hinweis auf und ließ das Lederdreieck auf ihren runden Backen tanzen. Mia quietschte und wand sich, sodass ich bei so manchem Schlag aufpassen musste, dass ich ihn auch wirklich traf.

Ihr Stöhnen und Jammern wurde immer lauter, die Blicke der heimlichen Zuseher immer gieriger. Dies turnte mich zusätzlich an und ich streichelte ihren Backen, ließ meinen Zeigefinger die Pospalte entlanggleiten und stimulierte ganz leicht ihren Kitzler durch den schwarzen String. Nun war ihr Stöhnen echt und lockte die Voyeure endgültig hinter den Regalen hervor. Vorsichtig kamen sie näher und starrten gebannt auf das geile Treiben, das wir ihnen boten.

Noch während ich ihre Lustperle rieb, lugte ich erneute auf die Toys, die an der Wand hingen. Ich musste mir ein neues holen, denn ich hatte jetzt so richtig Lust auf dieses Spiel bekommen. Erneut trat ich einen Schritt zur Seite und angelte mir das Lederpaddel, das am nächsten hing. Vorsichtig schlug ich damit zu, doch Mia flüsterte zu meiner Überraschung, dass ich stärker zuschlagen sollte.

Ihr Wunsch war mir Befehl, so setzte ich einen Schlag neben

den anderen und hinterließ große, hellrote Stellen auf ihrer weißen Haut. Die Rötung gefiel mir und ich versuchte, die Schläge fächerförmig zu setzen, um zwei richtig rote Backen zu bekommen. Die breite Lederfläche hinterließ jedoch nicht nur eine rote Stelle, sondern erzeugte auch ein lautes, noch weithin hörbares klatschendes Geräusch, das neben ihrem Stöhnen auch noch ziemlich anregte.

Während ich mich mit dem Paddel vergnügte, sprach mich ein Mann ganz leise von der Seite an. »Möchten Sie ihr den in ihren hinteren Eingang stecken? Er würde sich wunderbar in ihrer Rosette machen. Natürlich ist es ein Geschenk.«

Jäh unterbrach ich meine Schlagsession und nahm einen sehr schlanken, aber langen Buttplug mit einem funkelnden Stein in der Größe einer Walnuss entgegen. Zum Dank nickte ich, steckte den nagelneuen Plug in den Mund des Mannes und drehte ihn. Artig speichelte er ihn ein und sah demütig zu Boden. Wie ein Zauberer in der Manege zeigte ich den nassen Plug herum, setzte die Spitze an ihre Rosette und dehnte sie ein klein wenig.

Mia stockte der Atem und sie versteifte sich. Doch ich ging ganz behutsam vor, drehte ihn ein wenig an der Oberfläche ihres Loches und führte ihn dann langsam ein. Je tiefer ich damit eindrang, desto tiefer wurden ihre Atemzüge. Sie genoss es sichtlich, diesen Plug in ihrem Arsch zu haben und entspannte sich zusehends. Der Stein sah wirklich hervorragend aus und passte zur geröteten Haut. Bei Gelegenheit sollte ich davon ein paar Bilder schießen, dachte ich amüsiert.

Aber jetzt war es an der Zeit, noch eins draufzulegen. Also nahm ich die Hand des Mannes, der Mia gerade den Plug geschenkt hatte, und führte seinen Zeigefinger an ihre Lustperle. Sofort begann er, sie sanft zu reiben und mit kreisförmigen Bewegungen zu stimulieren. Mia seufzte und fühlte sich offensichtlich wohl.

Während sich nun mein Ersatz um meine Freundin kümmerte, wollte ich in den Laden gehen und nachsehen, was ich denn Schönes für sie finden würde. Doch ein Mann streckte mir wortlos einen fleischigen Vibrator entgegen, der sich ziemlich echt anfühlte.

»Ein Geschenk an die Lady«, flüsterte er und zog sich sofort zurück.

Mit einem Lächeln ging ich zu Mia, die vor Verzückung stöhnte. Rasch nahm ich die Gerte in die Hand und zog den Verwöhner meiner Freundin an der Jacke zur Seite.

»Du kleines Flittchen genießt auch noch deine Bestrafung? Ich werde dir gleich zeigen, was geile, kleine Miststücke für eine Behandlung verdient haben!«, rief ich und schlug mit der Gerte ein paar Mal hintereinander zu.

Mia zuckte mit den Backen und schrie auf. Nun bekam sie wirklich Zuckerbrot und Peitsche!

»Schrei nur, du kleines Flittchen!«, beschimpfte ich sie. »Du bekommst nur, was du verdienst! Was fällt dir ein, dich von einem völlig Fremden befriedigen lassen zu wollen?«

Im Spiegel sah ich, dass sie grinste.

»Verzeiht, aber ich war noch immer geil. Und bin es nach wie vor. Ja, ich bin ein kleines Flittchen, das Bestrafung verdient hat und sogar darum bittet.«

Mia genoss die Behandlung und blickte erneut in den Spiegel, der direkt vor ihren Augen an der Kabinenwand montiert war. Sie sah sich selbst in einer demütigenden Position, wie ich sie schlug und ein paar der Voyeure, die zum Teil ihre Hände in den Hosen hatten und ganz offensichtlich onanierten.

Ihre Lust wurde dadurch sichtlich gesteigert und sie winselte nun um Gnade. Doch ich überhörte ihr Flehen und ließ noch ein paar Mal die Gerte auf ihre mittlerweile kirschroten Backen sausen. Dann streichelte ich sie wieder und konnte von dem Anblick nicht genug bekommen.

Als ich die Gerte weglegen wollte, dachte ich an den Vibrator in meiner Hand. Ich suchte mir den attraktivsten Kerl aus und drückte ihm das Teil in die Hand.

»Befriedige sie!«, befahl ich ihm und trat einen kleinen Schritt zur Seite.

Der Mann sah mich entgeistert an, dann den Vibrator und dann wieder mich.

»Hast du es einer Frau noch nie mit einem Vibrator besorgt?«, fragte ich ihn ungläubig.

Er starrte mich weiterhin an. Ich weiß nicht, weshalb ich es getan hatte und woher ich diesen Mut nahm, aber ich verpasste ihm ein paar leichte Schläge auf den Po. In diesem Moment löste er sich aus seiner Erstarrung, schaltete den Vibrator an und ließ ihn an Mias Schamlippen summen. Gekonnt kreiste er mit ihm um ihren Kitzler, dann kehrte er wieder zum Eingang ihrer nassen Pussy zurück, zu den Schamlippen und zur Clit. Immer wieder tauchte er ihn gerade so weit ein, dass Mias Verlangen stieg, aber nicht befriedigt wurde.

Sie beobachtete sich selbst, wie sie onanierenden Voyeuren vornübergebeugt ihre feuchte, gierige Lustgrotte präsentierte und sich immer mehr in den Wogen ihrer Geilheit verlor.

Als ich sah, dass ihre Pussy zu zucken begann, verpasste ich ihr mit dem Paddel ein paar Hiebe, die sie endgültig zu einem tosenden Orgasmus brachten. Sie wand sich, zuckte, keuchte, stöhnte und tanzte wie ein wild gewordenes Pferd.

Der Mann mit dem Vibrator klemmte ihre Hüften zwischen seinem Becken und der linken Hand ein und ließ weiterhin den Lustspender surrend an ihrer Lustperle. Mia bäumte sich auf, spreizte weit die Beine, bot ihre dicke Pussy freizügig an und keuchte laut.

»Nimm mich!«, rief sie auffordernd dem Mann zu. »Nimm mich!«

Im Bruchteil einer Sekunde hatte er ein Kondom übergestreift und nahm sie nun mit heftigen, tiefen Stößen. Mia stützte sich mit den Händen an der Kabinenwand ab und hörte nicht mehr zu stöhnen auf. Die Voyeure hatten mittlerweile ihre Schwänze aus den Hosen geholt und wichsten sie im Rhythmus des Stechers. Dieser war so geil, dass er sich nach nur wenigen Minuten, die Mia beinahe durchgehend im Orgasmus verbrachte, ebenfalls im Orgasmus ergoss. Er stieß noch ein letztes Mal tief in meine Freundin und hielt sie dann von hinten umschlungen. Verhaltenes Stöhnen und Lustlaute erfüllten den Verkaufsraum.

Nachdem sich die Männer diskret in ihre Taschentücher ergossen hatten, löste sich Mias Befriediger, zog rasch seine Hose hoch und verschwand. Selbst das Kondom hatte er mit seiner Hose eingeschlossen. Aber auch die anderen hatten sich wieder hinter die Regale verzogen oder waren aus dem Geschäft geflohen.

Die Realität hatte uns alle eingeholt und ich fragte mich, wie es überhaupt zu dieser Szene kommen konnte.

Mia hatte sich völlig erschöpft auf den Sessel fallen lassen und genoss mit geschlossenen Augen noch immer den soeben erlebten, großartigen Orgasmus.

»Das war extraklasse«, verriet sie mir im kaum wahrnehmbarem Flüsterton.

Ich wollte ihr noch ein wenig Ruhe gönnen, damit sie ihre Befriedigung so richtig auskosten konnte. Von daher schloss ich die Kabinentür, nahm den Strap-on und ging damit zur Kasse. Die Verkäuferin erklärte mir, dass der Plug, der Vibrator, die Gerte sowie das Paddle bereits bezahlt waren. Ein paar der Herren hatten die Rechnung beglichen und gemeint, dass wir sie mitnehmen sollten. Und weil die Nummer, die wir soeben abgezogen hatten, mit Sicherheit herumerzählt wurde und somit mehr Kundschaft bringen würde, ging der Strap-on auf Kosten des Hauses.

Erfreut nahm ich eine Plastiktüte von der Verkäuferin entgegen und sammelte die Toys ein. Mia hatte sich inzwischen wieder umgezogen und stand nun mit einem zufriedenen Lächeln vor der Kabine.

»Was war das jetzt?«, fragte sie irritiert und lachte dann.

Ich fiel ihr um den Hals und lachte ebenfalls. »Ein wunderbares Leben«, flüsterte ich ihr ins Haar, »ein wunderbares Leben.«

***

Auf der Fahrt war sie ziemlich ruhig. Verträumt sah sie aus dem Fenster, aber ich hatte nicht den Eindruck, als würde sie die vorbeiziehende Landschaft wahrnehmen. Sie befand sich offensichtlich noch im Sexshop, in dem wir gerade Unglaubliches erlebt hatten.

Als ich vor ihrem Haus anhielt, drückte sie mir einen Kuss auf den Mund und stieg wortlos aus. Schmunzelnd sah ich ihr nach, bis sie die Haustür geschlossen hatte.

Dann fuhr ich nach Hause und befriedigte mich sehr intensiv mit dem neuen Vibrator, auf dem noch der Muschisaft meiner Freundin, der Geruch von Laszivität und die gierigen Augen der Voyeure klebten.

***

Am nächsten Vormittag arbeitete ich schnell und konzentriert. Ich war von der Spontansession im Sexshop noch immer ziemlich aufgeheizt und wollte die Zeit, bis Dominik kam, so rasch wie möglich hinter mich bringen. Außerdem wollte ich den Strap-on zum Einsatz bringen.

Noch am Abend hatte ich ihn mir übergestreift und versucht, in eine Socke, die ich auf der Tischplatte festhielt, zu ficken. Es war gar nicht so leicht gewesen, einen Rhythmus zu finden und in diesem auch zu bleiben. Anfangs hatte ich immer zu hart zugestoßen, was wahrscheinlich die Rosette Dominiks gesprengt hätte, oder der Dildo war einfach aus der Socke geflutscht und auf der Tischplatte entlanggeschrammt. Das war auch nicht Sinn der Sache. Ich hatte eine gute halbe Stunde geübt und mein Sockenritt war danach recht passabel gewesen. Wie ich mich am »lebenden Objekt« präsentieren würde, blieb offen, aber ich würde es wahrscheinlich in Kürze wissen.

13. SCHAUMSPIELE

Pünktlich um zwölf Uhr verließ ich das Büro und fuhr nach Hause. An und für sich wollte ich noch schnell duschen, ehe Dominik eintraf, doch als ich um die Ecke bog, sah ich bereits seinen Wagen.

Als er ausgestiegen war, drängte er sich rasch in den Hauseingang, um von niemandem gesehen zu werden. Dort küsste er mich heftig, ja direkt fordernd. Seine Hände zitterten und sein ganzer Körper stand unter Spannung.

Ich wollte ihn fragen, was denn los sei, aber ich bekam als Antwort nur meinen Mund mit dem seinen verschlossen. Er presste mich so fest an sich, dass ich glaubte, er wollte mich in sich drücken. Mit Mühe und Not kamen wir die wenigen Treppen hinauf in meine Wohnung, um uns dort sofort unserer Kleidung zu entledigen.

Ohne ein Wort zu verlieren, sprangen wir gemeinsam unter die Dusche und seiften uns gegenseitig ein, spritzten uns nass und knutschten weiter. Noch immer ziemlich erregt, ging er in die Knie und leckte fordernd meine nasse Pussy, während ich warmes Wasser darüber laufen ließ. Seine Erregung hatte sich längst auf mich übertragen und ich war ebenfalls völlig geil, wollte nur noch einen Höhepunkt. Doch kurz vor dem point of no return drückte ich seinen Kopf sanft weg und ließ ihn wissen, dass er aufstehen sollte. Irritiert sah er mich an und wollte etwas sagen, aber ich legte ihm meinen Zeigefinger auf seine Lippen und verschloss sie.

Nun stand ich da und überlegte, wie ich eine Überleitung zu dem Spiel mit dem Strap-on finden könnte. Kurz entschlossen kniete ich mich in die Dusche, stülpte meine Lippen über seinen harten Riemen und blies ihn. Es dauerte nicht lange, und ich hatte eine Idee. Aber leider war sie nicht sofort durchführbar. Deshalb beschloss ich, den Strap-on dieses Mal nicht einzusetzen. Viel zu viel an Freude würde ich mir damit verwehren. Aber mir fiel etwas ein, das ich noch vor der Eheschließung mit meinem Mann gemacht hatte und von dem ich damals restlos begeistert gewesen war.

Ohne jede Vorwarnung ließ ich sein bestes Stück los und es sackte seiner Schwere wegen nach unten. Dann schnappte ich mir das Duschgel, nahm ihn bei der Hand und führte ihn ins Schlafzimmer, wo ich ihn bat, die Decken und Kissen zu entfernen. Während er das Bett abräumte, kramte ich ein Lacklaken aus der letzten Ecke des Schrankes hervor.

Dominik half mir, es über das Doppelbett zu spannen, allerdings wusste er offensichtlich nicht so recht, was ich vorhatte. Ich kümmerte mich aber nicht darum sondern stieß ihn kurzer Hand auf das Latexlaken und sprang, noch immer feucht von der Dusche, neben ihn. Er lag auf dem Rücken und sah mich erwartungsvoll an, wollte etwas sagen. Aber ich verschloss ihm erneut den Mund mit meinem Zeigefinger. Anstelle des Redens verteilte ich großzügig das Duschgel auf seinem nassen Bauch, ließ mich nach vorn fallen und verrieb es mit meinem Oberkörper auf dem seinen.

Wie zwei geölte Fische glitten wir aufeinander, nebeneinander und auf dem Latexlaken herum, knutschten und erzeugten Seifenblasen. Um noch ein wenig mehr vom Schaum zu bekommen, holte ich einen Becher mit Wasser, den wir immer wieder zum Einsatz brachten. Zwischendurch setzte ich mich auf seinen Prachtschwanz und versuchte, ihn zu reiten. Doch meine Knie rutschten ständig seitlich weg und ich klatschte meist auf seinen Bauch. Wir versuchten es in der Missionarsstellung und im Doggy Style, doch jedes Mal war es das gleiche Ergebnis.

Dominik bat mich um ein Seil, aber damit konnte ich nicht dienen. Rasch warf er sich meinen Bademantel über und eilte zum Auto. Von dort kam er mit zwei Gummiwürsten und fixierte meine Beine hinter meinem Kopf an den oberen Bettpfosten. Meine Muschi lag nun völlig frei da und er vergrub sofort sein Gesicht darin.

Gierig leckte er von meiner Rosette bis zu meiner Lustperle und wieder zurück, tauchte seine Zunge in meine Liebeshöhle und saugte die Schamlippen in seinen Mund. Kurz bevor ich kam, bat ich ihn, einen Moment aufzuhören, denn ich wollte diesen Genuss noch länger auskosten.

Umständlich fingerte ich in meiner Nachttischschublade herum und fand einen kleinen Vibrator aus Metall. Ich drückte ihn Dominik surrend in die Hand.

»Walte deine Amtes«, witzelte ich und schloss die Augen. Ich spreizte meine äußeren Lippen weit mit den Fingern und wies ihn an, die Innenfläche mit dem Vibrator zu verwöhnen. Zeitweise mochte ich diese indirekte Stimulation, obwohl sie mich ganz kribbelig machte und nicht befriedigte.

Dominik nahm sich viel Zeit und ließ den Vibrator an den Lippen und um die Perle kreisen. Mit der Zunge verwöhnte er meine Rosette, die sich dabei herrlich entspannte und nach Intensiverem sehnte. Auch Dominik war schon ziemlich zappelig und glitt mit dem Becken auf dem Schaum ständig ein wenig nach oben und wieder nach unten.

»Fick mich«, forderte ich ihn unverblümt auf. »Fick mich in den Hintereingang und meine Lustgrotte mit dem Vibrator.«

Er sah mich entgeistert an, denn eine solch direkte Aufforderung hatte er von mir noch nicht gehört. Doch er ließ sich nicht zwei Mal bitten, setzte sich auf, streckte die Beine links und rechts neben mir aus und rückte mit seinem Becken ganz dicht an meinen Hintereingang heran. Geschickt dirigierte er seinen Kolben an meine Rosette und glitt sanft hinein. Als er bis zum Anschlag drin war, verharrte er eine Weile, damit sich meine Rosette dehnen konnte. Währenddessen ließ er den Vibrator von neuem surren und setzte ihn an meine Klit an. Langsam bewegte er sein Becken nach hinten und stockte plötzlich. Auf dem glatten Untergrund kam er nicht mehr nach vorn und musste sich an meinen Oberschenkeln nach vorn ziehen.

»Ich muss mich festhalten, sorry. Übernimmst du den Vibrator?«, frage er schüchtern.

Jetzt war nicht die rechte Zeit, um schüchtern zu sein, dachte ich und nahm ihm den kleinen Lustspender ab. Er hielt sich wieder an meinen Oberschenkeln fest und fickte mich nun in einem schnellen Rhythmus, während ich mich zusätzlich mit dem Vibrator verwöhnte. Ich war so geil, dass mich die erste heiße Woge bereits nach nur wenigen Stößen überflutete. Doch ich ließ sie abklingen und genoss seine Stöße weiterhin.

Nach kurzer Zeit setzte ich dann den Vibrator an meine Muschi und tauchte langsam in sie ein. In diesem Moment ließ Dominik einen tiefen Seufzer hören und ein zufriedenes Lächeln glitt über sein Gesicht. Die Vibrationen drangen bis zu seinem Riemen durch und ließen ihn erschauern. Nun suchte ich den gleichen Rhythmus und wir ritten uns in den siebten Himmel. Während mich ein Orgasmus erzittern ließ, entlud sich auch Dominik mit harten Zuckungen in mich. Gleich darauf ließ er sich nach hinten fallen und rührte sich nicht mehr. Sein Schwanz steckte allerdings noch in mir und ich empfand diese Lage recht angenehm.

Nach wenigen Minuten rappelte er sich hoch und band meine Beine los. Bis dahin spürte ich nicht, dass sie schmerzten. Die Flut an Endorphinen hatte mich unempfindlich gemacht. Nun wollte ich nur noch kuscheln. Wir wälzten uns ein letztes Mal auf dem Schaumbett und genossen die Wärme des jeweils anderen.

Als wir nebeneinander lagen, sagten wir kein Wort, verstanden uns in diesem Moment sprachlos am besten. Wir trieben einfach dahin und waren glücklich. Es war perfekt.

Irgendwann drehte sich Dominik zur Seite und stütze sich mit dem Ellenbogen auf. Er sah mich lange an und meinte, er würde gern mal mit mir frivol ausgehen. Im ersten Moment wusste ich mit diesem Ausdruck nicht viel anzufangen und fragte, wie er das meinte.

»Du ziehst dir einen Minirock an, High Heels, Strümpfe mit Strapsen und ein Top ohne BH. Dann gehen wir in eine gut besuchte Bar in der Stadt. Die Männer und auch Frauen werden sich nach dir umdrehen. Du lächelst sie kokett an, reizt sie mit deinem umwerfenden Körper und Outfit, lässt aber niemanden an dich heran. Wann immer es möglich ist, greife ich dir unter den Rock und streichle deine samtene Muschi, und zwar so, dass die anderen vermuten, aber nie wirklich wissen werden, ob ich es nun tatsächlich mache oder nicht. Was hältst du davon?«

Irgendwie gefiel mir diese Idee und ich konnte mir die Männer in einer solchen Situation nur allzu gut vorstellen. Was ich mir allerdings nicht vorstellen konnte, waren seine Berührungen unter meinem Mini. Allein bei diesem Gedanken kribbelte meine Muschi. Ich war mir nicht sicher, ob das funktionieren könnte.

»Hast du so etwas schon mal gemacht?«, fragte ich. »Oder ist es nur eine Fantasie, die du noch nie realisieren durftest?«

Dominik senkte den Kopf und sah auf das Lacklaken. »Du weißt ja, wie meine Frau ist. Nicht nur sexuell desinteressiert, sondern auch ziemlich bieder und konservativ. Mit ihr wäre eine solch scharfe Aktion nicht möglich. Da bräuchte ich nicht einmal nachzufragen. Vermutlich würde sie mich in der Psychiatrie unterbringen, käme ich mit einem solchen Wunsch zu ihr. Nein, es ist leider nur eine Fantasie, die sich aber gut anfühlt. Und ich habe sie schon lange. Wenn du das allerdings nicht möchtest, dann vergessen wir die ganze Sache. Ich würde dich nicht zu etwas zwingen oder überreden.« Panik stieg in seinen Augen auf und seine Hände schoben seinen Wunsch beschwichtigend beiseite.

Ich fand diese Geste niedlich und warf sofort ein, dass ich es nicht ablehnte, sondern einfach nur wissen wollte, ob es reine Fantasie war.

»Nein, das geht schon in Ordnung, wir können das gern mal ausprobieren. Klingt interessant und ich stelle es mir geil vor. In welche Stadt wollen wir fahren? Hier sollten wir es wegen deiner Frau nicht machen.«

Er nickte und küsste mich. Vermutlich bedankte er sich gerade für mein Verständnis oder für das Mitdenken. »Wie wäre es, wenn wir nach Toronto fahren würden? Zwei Tage, nur du und ich. Meiner Frau erzähle ich von einem Seminar für die Schule. Wir haben dort öfter welche.« Freudestrahlend sah er mich an.

Natürlich hatte er nicht den Mumm, seiner Frau zu sagen, er würde zwei Tage ausspannen und zwar allein. Er musste lügen und sich auf ein bereits bestehendes System ausreden. Wie billig und feige das doch war!

Nichtsdestotrotz konnte ich einen Tapetenwechsel ganz gut gebrauchen und stimmte lächelnd zu. Während er mich küsste, wurde ich wieder heiß und griff ihm zwischen die Beine. Ich wollte ihn fit bekommen, doch Dominik schob sanft meine Hand zur Seite und erklärte mir mit Bedauern, dass unsere Zeit um sei. Er müsste nach Hause, sonst gäbe es Probleme. Fassungslos sah ich ihn an.

»Du lässt mich hier völlig geil zurück und gehst nach Hause zu deinen schreienden Kindern und deiner keifenden Frau? Geht's dir noch gut?«

Dominik setzte zu einer Erklärung an, doch ich stoppte ihn. »Geh jetzt einfach. Mach schnell.« Mit diesen Worten drehte ich mich auf den Bauch und schenkte ihm keinerlei Beachtung mehr. Ich war richtig gekränkt, weil er dieses Irrenhaus mir vorzog. Kurz darauf hörte ich, wie er die Tür ins Schloss zog.

Ziemlich frustriert brachte ich das Lacklaken ins Bad und reinigte es. Ich schalt mich selbst eine dumme Kuh, weil ich mich mit einem verheirateten Mann eingelassen hatte. Was hatte ich mir eigentlich dabei gedacht? Dass er unendlich viel Zeit für mich aufbringen würde? Dass er kommen und gehen konnte, wann immer er wollte? Nein, so weit war ich sicher nicht gegangen, aber dass er sich so bevormunden und kontrollieren ließ, passte mir gar nicht. Eigentlich war er ein richtiger Waschlappen, weil er nicht den Mut hatte, etwas in seinem Leben zu ändern. Aber das hatte ich auch bei mir selber festgestellt und auch nichts geändert. Also war ich auch ein Waschlappen ...

Über diese Gedankengänge grübelnd machte ich das Bad sauber und begann dann zu lesen. Meine Geilheit war zwar noch immer da, aber ich wollte mich absichtlich nicht selbst befriedigen. Es wäre mir jetzt ganz einfach zu wenig gewesen. Zu mechanisch.

Während meine Gedanken wieder zu Dominik wanderten, fiel mir ein, dass er mich einmal gebeten hatte, mich eine Zeit lang nur klitoral zu befriedigen und meine Lustgrotte nicht zu berühren. Damals wollte ich mich auch daran halten, aber das Ganze war in Vergessenheit geraten; ebenso bei mir wie bei ihm. Ich nahm mir jedoch vor, ihn bei Gelegenheit danach zu fragen, wozu es gut gewesen sein sollte.

14. Männerblicke

Die nächsten Tage vergingen schnell. Am Freitagmorgen packte ich meinen Koffer für den Kurztrip nach Toronto. Ich nahm nur sexy Kleidung, zwei Paar High Heels, die schwarzen Lack-Overknees, ein schwarzes Bondageseil und ein paar kleine Toys mit.

So war ich noch nie in den Urlaub gefahren, aber es fühlte sich gut an. Drei Tage nur Sex! Das war für mich unvorstellbar. Aber als ich mir den aufgeschlagenen Koffer auf dem Bett ansah, wusste ich, dass es so werden würde. Belustigt machte ich davon ein Foto und schickte es an Mia. So hatte sie wahrscheinlich auch noch nie einen Koffer gepackt.

Zwei Stunden und eine Telefonat mit Mia später fuhren wir los. Schon während der Autofahrt machte Dominik anzügliche Bemerkungen, doch ich stieg nicht darauf ein. Im Moment wollte ich die Landschaft und die Fahrt genießen. Für Sex würde es sicher noch jede Menge Gelegenheit geben. Ich wollte auch ein wenig mit ihm reden, aber das Thema Ehefrau und Familie musste ich tunlichst meiden. Immer, wenn wir auf diese Themen zu sprechen kamen, uferte es aus. Ich verstand, dass er damit massive Probleme hatte, aber ich war nicht gewillt, mir ständig sein Jammern anzuhören. Während meiner Ehe hatte ich genug Probleme und wollte derzeit nur genießen. Dass dies eine egoistische Haltung war, wusste ich, störte mich aber nicht. Das Leben war zu kurz, um es mit Dingen zu vergeuden, die man nicht mochte. Man sollte sich immer dem Besten zuwenden – und an diese Weisheit klammere ich mich auch heute noch.

Die dreistündige Fahrt war im Nu verflogen. Wir stellten den Wagen auf dem Parkplatz vor dem großen Hotel ab, in dem Dominik immer wohnte, wenn er ein Seminar besuchte. Es war zwar kein Fünf-Sterne-Hotel, sah aber sehr gut aus.

An der Rezeption übernahm ein älterer Page die Koffer und fuhr Abstand wahrend mit uns in den sechsten Stock. Ich schätzte ihn auf fünfundsechzig Jahre, vielleicht sogar noch ein bisschen älter. Er zeigte uns das Zimmer und ich erwischte ihn dabei, wie er verstohlen auf meine nackten, bronzefarbenen Beine schielte, die nur sehr spärlich vom Minikleid bedeckt waren. Ich lächelte ihn über die Schulter hinweg an und schüttelte langsam den Kopf. Mein scherzhaft drohender Zeigefinger machte ihm mit einer unmissverständlichen Geste klar, dass er sich nicht so benehmen durfte. Schüchtern und peinlich berührt lächelte er zurück und verschwand sofort mit eingezogenem Kopf aus unserem Zimmer.

Dominik hatte diesen kleinen Zwischenfall offensichtlich nicht bemerkt, denn er rieb sich die Hände und meinte, dass wir nun loslegen könnten. Anders als erwartet, hatte ich auch jetzt keine Lust auf Sex, sondern wollte ein wenig die Umgebung erkunden. Sichtlich enttäuscht bettelte er um einen Quicky, da er schon seit der Abfahrt von zu Hause einen Ständer hatte. Eigentlich war er seit jenem Zeitpunkt geil, als seine Frau ihr Einverständnis zu dem Trip gegeben hatte.

»Einen Quicky im Stehen? Okay. Gleich hier am Tisch«, bot ich ihm etwas forsch an und hob mein Minikleid hoch, unter dem ich vollkommen nackt war.

Dominik leckte sich die Lippen, als er meine frisch rasierte Pflaume sah. Fehlende Unterwäsche schien ihn ganz besonders anzuregen, denn als er den Reißverschluss seiner Jeans öffnete, sprang sein steifer Prügel blitzschnell heraus.

Ohne die Hose nach unten zu ziehen, legte er mich über den Tisch und drang wortlos ein. Sein dicker Schwanz fühlte sich gut an und meine Muschi wurde feucht. Er brauchte nur wenige Stöße, bis er sich mit leisem Stöhnen in mir entlud.

Nachdem er einen Augenblick lang verharrt hatte, zog er seinen Riemen aus mir heraus und ging ins Badezimmer, um ihn zu waschen. Ich lag allein über den Tisch gebeugt und spürte, wie sich sein heißer Saft aus meiner Lustgrotte einen Weg nach draußen bahnte.

Ich war irritiert, denn so distanziert und lieblos kannte ich ihn nicht. Er war bislang der fürsorgliche Typ, dem mein Orgasmus und mein Spaß wichtiger gewesen waren als sein eigener.

Fragend blickte ich ihn an, als er aus dem Badezimmer kam und die Gürtelschnalle schloss.

»Bist du so weit? Können wir gehen?«, fragte er, als ob nichts gewesen wäre.

Ich stütze mich auf den Ellenbogen ab und fragte, was das jetzt gewesen sein sollte.

»Ein Quicky, wie vereinbart. Du hast ihn schließlich vor-geschlagen. Was hast du denn?« Er lächelte überlegen.

Um meine Gedanken ein wenig zu ordnen, schüttelte ich kurz den Kopf. Obwohl ich diese Vorgehensweise klären wollte, war es besser, den Mund zu halten. Wir hatten ohnehin nur zwei Tage und die wollte ich keinesfalls mit Diskussionen verschwenden.

Als ich ins Badezimmer gehen und das Bidet benutzen wollte, hielt Dominik mich auf. »Lass unsere Lustsäfte doch aus dir rinnen. Es ist sicher ein geiles Gefühl, wenn sich die Flüssigkeiten zwischen deinen Schenkeln verteilen. Wir finden in Kürze bestimmt eine Möglichkeit, wo du dich säubern kannst, wenn es getrocknet ist. Bis dahin würde ich gern mit dem Wissen durch die Stadt gehen, dass sich unsere vereinten Säfte an deine herrlichen Schenkel schmiegen.«

Mit diesen Worten hielt er mir die Tür auf und somit auch den Blick vom Gang auf meinen nackten Hintern frei. Rasch erhob ich mich, strich mein ohnehin sehr kurzes Kleid straff und folgte ihm zum Aufzug. Bei jedem dritten oder vierten Schritt merkte ich, wie ein winziger Tropfen aus meiner Lusthöhle floss und sich zwischen den Schenkeln verteilte. Es kitzelte ein wenig und fühlte sich geil an.

Im Aufzug fragte ich ihn leise, ob man den typischen Spermageruch wahrnehmen konnte.

»Und ob!«, ließ er mich freudig wissen, grinste und stieg aus.

Als ich bei dem älteren Pagen, der an der Rezeption ein Formular ausfüllte, vorbeikam, hatte ich das Gefühl, als würde er die Lustmischung riechen können. Er drehte sich nach mir um und lächelte wissend. Beschwingten Schrittes trat ich aus dem Hotel hinaus auf die Straßen Torontos.

Ich fühlte mich frei und leicht, war vom alten Stadtkern Torontos völlig vereinnahmt und wollte so viel wie möglich sehen. Zu allererst schleppte mich Dominik auf den fünfhundertdreiundfünfzig Meter hohen CN-Tower, von wo aus wir einen fantastischen Rundblick über die gesamte Stadt hatten. Wir aßen eine Kleinigkeit im »Eaton Center« und rasten durch die »Allen Lambert Galleria«. Als wir wieder ins Freie traten, verdunkelte sich der Himmel und kündete den Abend an.

»Es wird Zeit, dass wir ins Hotel gehen und uns umziehen. Wenn es Nacht wird, beginnt nämlich das frivole Ausgehen.« Dominik erinnerte mich daran, dass wir nicht wegen einer Sightseeingtour hierhergekommen waren, sondern um Spaß zu haben. In diesem Moment verließ mich die Freude am

Ausgehen sowie an diesem Kurztrip. Ich merkte zum ersten Mal, dass er eigentlich nur auf Sex fixiert war. Ich hatte mich auf einen Kurzurlaub mit Sex gefreut und jetzt sollte es nur ein reiner Sexurlaub werden. Traurig blickte ich Dominik an, der sofort verstand, was mit mir los war, denn er legte seine Hände um mich und drückte mich fest an sich.

»Liebes«, flüsterte er mir durchs Haar ins Ohr, »wenn du das nicht willst, machen wir es nicht. Wir können uns noch ein paar Sehenswürdigkeiten ansehen oder in ein schickes Restaurant gehen.«

Er vergrub sein Gesicht an meinem Hals und schaukelte mich wie ein Baby. Das fühlte sich so warm, so vertraut, so nahe an, dass ich in diesem Augenblick wusste, er liebte mich wirklich und war nicht nur des Sex' wegen mit mir nach Toronto gefahren. All meine Traurigkeit war verflogen und machte meiner Fröhlichkeit Platz. Zärtlich küsste ich ihn, nahm ihn an der Hand und zog ihn lächelnd in Richtung Hotel.

Nach einer schnellen Dusche schminkte ich mich ein wenig stärker als sonst und legte auffälligen Schmuck an. Die überdimensional großen Ohrringe reichten bis knapp an meine Schultern. Das mehrreihige Armband bestand aus unzähligen Diamantkopien und die Halskette war so schwer, dass sie mich leicht nach vorn zog. Aber damit fiel ich auf und genau das war es, was ich wollte, beziehungsweise was wir wollten.

Während ich mein gelbes Kleid aus dem Schranke holte, bat Dominik mich, ein paar Fotos schießen zu dürfen. Mit treuem Dackelblick sah er mich an und hielt mir die schwarzen Lack-Overknees hin.

»Zieh die bitte an«, sagte er drängend. Er hatte diesen gewissen Unterton in der Stimme der besagte, dass er spitz war.

Mit einem Schulterzucken schlüpfte ich in die Overknees, zog sie zurecht und präsentierte mich der Kamera. Obwohl ich nur den Schmuck trug, kam ich mir nicht nackt vor. Von Scham war keine Rede – ich fühlte mich hervorragend. Sexy, begehrenswert und schön. Dominik hatte die Gabe, das Beste aus mir herauszuholen, wofür ich ihn innig und leidenschaftlich küsste.

Er drückte mich an sich und ich spürte die Erektion durch seine Jeans hindurch. Sofort war ich auch spitz und öffnete seinen Reißverschluss, doch er wehrte meinen Annäherungsversuch ab.

»Lass uns gehen. Wir sind spitz und aufgedreht, voll Übermut und Tatendrang«, sagte er. »Wenn wir jetzt Sex haben, sind wir befriedigt und verspüren nicht mehr die Lust an der Sache, die wir im Moment haben.«

Ich sah ihn an und nickte. Er hatte recht. Auch wenn es mir im Moment ebenso schwer wie ihm fiel, ließ ich von ihm ab und widmete mich wieder meinem Kleid. Es war sehr kurz und bestand zum Großteil aus leuchtend gelben Fäden, die sich von links nach rechts spannten und meine Figur völlig betonten. Der Rücken allerdings war so tief ausgeschnitten, dass man nicht nur meinen gebräunten Rücken, sondern beinahe meine Poritze sehen konnte. Die Schultern waren frei. An den Hüften waren zwei ovale Löcher in den Stoff geschnitten. Hätte ich nichts angehabt, wäre ich wohl mehr bekleidet gewesen. Die Overknees bedeckten also den größten Teil meines Körpers. Zwar fühlte ich mich sexy, aber auch ein wenig wie eine Nutte.

Wie ein Model stellte ich mich vor eine leere Wand und ließ Dominik ein paar Bilder schießen. Dabei schob ich das kleine Stück Stoff, das meinen Hintern notdürftig bedeckte, hoch, bückte mich nach vorn und ließ ihn Einblicke in meine Spalte haben. Die Overknees sahen zum nackten Hintern einfach umwerfend aus.

Nachdem er unzählige Bilder von mir gemacht hatte, verließ ich ohne BH und Höschen das Hotelzimmer. Schon im Lift versuchte ich, das Kleid ein wenig nach unten zu ziehen, damit man meinen Venushügel nicht sehen konnte. Aber sobald ich daran zog, zeigte sich hinten meine Poritze. Also trippelte ich mit kleinen Schritten aus dem Aufzug und versuchte, die Blicke der Menschen im Foyer nicht zu sehen. Es war mir unangenehm, dass die meisten von ihnen mich anstarrten, viele davon lüstern.

Dominik spürte offensichtlich, was in mir vorging, denn während des Gehens legte er seinen Arm um meine Hüften und küsste mein Haar.

»Du siehst einfach umwerfend aus«, versicherte er mir. »Du bist der Star des Abends – und für so manchen wohl der Traum für viele weitere einsame Nächte.«

Seine Nähe sowie Worte taten mir gut und ich verlangsamte den Schritt. Ich hatte keinen Grund, meinen Körper zu verstecken, denn er sah gut aus. Sehr gut sogar. Und nur weil ich stolz darauf war und ihn zeigte, hieß das noch lange nicht, dass ich eine Nutte war.

Mit diesem Gedanken blickte ich mich in der Lobby um, zwinkerte dem einen oder anderen älteren Herren spielerisch zu und ließ meine Hüften schwingen.

Wir gingen die Straße beschwingt entlang und genossen die lüsternen Blicke der vorübergehenden Männer sowie die der neidvollen der Damen. Ich war mir sicher, dass die meisten sich wünschten, sich ebenfalls so präsentieren zu können. Bei vielen scheiterte es jedoch nicht nur an der passenden Figur, sondern auch am nötigen Mut. Allerdings musste ich zugeben, dass ich diesen Mut auch erst jetzt und durch Dominik gefunden hatte. Vor einem halben Jahr wäre ein solches Outfit völlig undenkbar gewesen. Wahrscheinlich hätte ich es nicht einmal zu Hause für meinen Mann angelegt. Aber da sah man wieder, welchen Einfluss Partner haben konnten.

Dominik war sichtlich mit Stolz erfüllt, eine so attraktive Frau an seiner Seite haben zu dürfen, denn er lief aufrecht wie ein Gockel durch die Straßen und grinste überlegen.

Die Dämmerung war bereits weit fortgeschritten und die Straßenlaternen flammten auf. Durch die Fenster der unzähligen Lokale fiel gelbes Licht auf den Gehweg, der nun mit den Schatten der Gäste gepflastert war. Dominik steuerte ein ganz bestimmtes Lokal an, das sich »Moonlight« nannte. Es erinnerte mich an die alten Pubs in Irland, in denen rauchgeschwängerte Dunkelheit im krassen Gegensatz zu den fröhlichen Besuchern vorzufinden war.

An diesem Abend waren nur noch wenige Plätze frei. Ein stetiges Wispern war zu vernehmen, das im Hintergrund von leisen Rocksongs untermalt war. Mit meinem grellgelben Kleid erregte ich beim Eintreten sofort Aufmerksamkeit und so manches Gespräch wurde meinetwegen abrupt unterbrochen.

Auffällig zog ich mein Kleid zurecht und steuerte selbstbewusst einen freien Barhocker an, der sich in der Mitte des Tresens befand.

Das alte, dicke Leder fühlte sich kühl an meiner nackten Scham an und ich kostete dieses Gefühl aus. Dominik ließ sich neben mir nieder und sah in die Menge. Noch immer zog ich viele verstohlene, aber auch jede Menge offener Blicke auf mich.

Nachdem wir die Getränke geordert hatten, strich Dominik zärtlich mein Haar hinter das Ohr. Er ließ sich dabei viel Zeit und sah mir tief in die Augen. Ich beugte mich ein wenig vor, sodass mein Rückenausschnitt den Ansatz meiner Poritze den lüsternen Blicken der Männer preisgab. Ich spürte die Blicke auf meinem Rücken, meinen Beinen, Busen und Bauch; nicht aber im Gesicht. Im Moment war ich nichts als ein Objekt männlicher Begierden. Und es war verdammt geil.

Ich fühlte mich in diesem Outfit, in dieser Situation so gut, dass ich den Anwesenden sowie Dominik eine Show der Extraklasse bieten wollte. Langsam ließ ich meinen Blick durch das Lokal schweifen und versuchte, mit den gierigen Männern Augenkontakt aufzunehmen. Doch die meisten von ihnen sahen betreten zu Boden. Diese zu Schau gestellte schamhafte Geste amüsierte mich und ich griff nach meinem Drink. Um den Männern wieder die Gelegenheit zu geben, mich heimlich ansehen zu können, senkte ich meine Lider und sah in mein Cocktailglas. Und noch ehe sich meine Lippen um den Strohhalm schlossen, leckte ich sie mit der Zunge nass. Langsam und aufreizend. Dann sog ich den Duft der Frivolität ein, der mich umgab.

Dominik tat so, als würde er die lüsternen Blicke der Männer nicht sehen, obwohl sein Augenmerk ausschließlich darauf lag. Er weidete sich am Neid jener Lokalbesucher, die mit ihren durchschnittlichen, etwas schlampigen Frauen anwesend waren. Heimlich in sich lächelnd trug er jedoch ein neutrales Gesicht zur Schau. Und in seinem Schritt wölbte sich eine dicke Beule, die kaum zu übersehen war.

Als ich mich nach vorn beugte, um ihn zu küssen, legte er die linke Hand auf seinen Oberschenkel, nahe dem Knie. Während ich ihn küsste, glitt ich vom Barhocker, spreizte leicht meine Beine und schob mich über sein Knie. Nun ruhte meine blanke Pussy auf seinem Handrücken. Mit sanften, kaum wahrnehmbaren Bewegungen schob ich mein Becken vor und zurück.

»Wie wird deine Hand riechen, wenn ich mich wieder auf meinen Platz gesetzt habe?«, flüsterte ich ihm ins Ohr und setzte mich wieder hin.

Im Licht der direkten Barbeleuchtung glänzte sein Handrücken von meinem Muschisaft. Ich war nass, nicht nur feucht, und wollte wetten, auch auf dem Leder des Barhockers meine Nässe hinterlassen zu haben. Damit es jedermann sehen konnte, schnappte ich meine Handtasche und stakste mit übertriebenem Wackeln meines Hinterns in Richtung WC.

Der Waschraum war leer, weil es sich um eine eher männerdominierte Bar handelte und ich war darüber froh. Mit der Hand spritzte ich mir kühles Wasser auf meine heiße Pussy und streichelte vor dem Spiegel stehend meine Klit. Obwohl ich völlig scharf war, erlaubte ich mir keinen Orgasmus. Meine Angst, dann nicht mehr so gut in meiner Rolle versinken zu können, war zu groß. Ich genoss die bewundernden Blicke der Männer sowie meine eigene Geilheit. Niemals hätte ich mir gedacht, dass frivoles Ausgehen so anregend sein könnte. Aber auch irgendwie anstrengend.

Kritisch sah ich in den Spiegel. Mein gesamtes Auftreten schrie mir »Hure« entgegen. Mit einem Lächeln lüftete ich mein kurzes Kleid und spritzte mir erneut kaltes Wasser auf meine heiße, mittlerweile klebrige Pussy. Die Kühle tat gut, regte mich aber noch mehr an. Mit Zeige- und Mittelfinger spreizte ich die Schamlippen, sodass meine Klit dominant wirkte. Ich ließ kaltes Wasser darüber laufen und streichelte sie mit meinen kalten Fingern. In diesem Moment wünschte ich mir, Dominik wäre hier, um sie mit seiner Zunge zu verwöhnen.

Ich schloss meine Augen und stellte mir vor, wie er vor mir kniete, mit den Händen meinen blanken Arsch unter dem kurzen Kleid knetet, mir seine Lippen auf die meinen drückte und mich mit weicher, kalter Zunge hingebungsvoll leckte.

Meine Haut begann rasch zu prickeln und ich musste meine unteren Lippen loslassen, damit sie meine Klit wieder versteckten. Rasch zog ich meinen Lidstrich nach, nahm Lippenstift und atmete tief durch. Dann öffnete ich die Tür, setzte ein charmantes Lächeln auf und steuerte hüftschwingend meinen Barhocker an.

Kurz vor der Bar entdecke ich einen glänzenden Streifen auf dem alten, dunkelbraunen Hocker. Ungläubig sah ich Dominik in die Augen und er nickte lächelnd. Ja, auch er hatte meinen Muschisaft gesehen und ich ging davon aus, dass ihn auch noch einige andere bemerkt haben mussten. Um damit noch mehr Aufmerksamkeit zu erregen, bat ich lautstark um ein Taschentuch. Innerhalb von drei Sekunden streckten sich mir vier Taschentücher entgegen. Mit spitzen Fingern nahm ich eines davon, bedankte mich mit einem zarten Wangenküsschen beim Spender und nahm damit langsam den noch leicht feuchten Streifen vom Barhocker. Danach hielt ich das Taschentuch hoch und ein Stück von mir weg. Innerhalb einer Sekunde hatte es jemand geschnappt und in seiner Tasche verstaut. Mit seiner Beute machte er sich sofort auf den Weg nach draußen und war verschwunden.

Wie bereits zuvor waren viele Augen auf mich gerichtet. Manche offen und direkt, andere verstohlen. Dominik genoss meine Präsentation offensichtlich geanauso wie ich, denn er stand als mein Begleiter ebenso im Rampenlicht.

Um noch ein bisschen mehr Schwung in die Show zu bringen ließ er seine Hand in die seitliche Öffnung meines Kleides gleiten und streichelte meine nackte Haut. Durch den dünnen Stoff konnte man genau sehen, wo sich seine Hand gerade befand. Und diesen Umstand machte er sich zunutze.

Er ließ seine Hand langsam über meine Pobacke gleiten, dann nach hinten zur Poritze, um sich dann zum Ansatz meiner Brüste empor zu arbeiten. Zärtlich streichelte er den Rand und meine Nippel wurden hart. Nun zeichneten sie sich durch den elastischen Stoff ab und ich drehte mich zum Inneren des Lokals, damit sie auch gut gesehen werden konnten.

Während ich wieder an meinem Cocktail nippte, fielen zufällig ein paar Tropfen aus dem Strohhalm auf mein tiefes

Dekolleté. Tropfen für Tropfen nahm ich sie mit einer über- triebenen Geste auf und leckte sie genüsslich von meiner Fin- gerspitze. Den Rest der Feuchtigkeit lutschte Dominik weg. Dann küsste er sich an meinem Hals entlang bis zum Ohr, zog mich dabei vom Barhocker hoch und schob mich langsam nach draußen. Von der Tür aus sah ich noch, wie uns die gierigen Blicke der Männer verfolgten und außerdem einen neuerlichen nassen Streifen auf dem alten Leder des Barhockers.

Auf der Straße drückte mir Dominik einen dicken Kuss auf den Mund, schnappte meine Hand und zog mich hinter sich her. Er lief in Richtung Hotel und johlte dabei. Zwischendurch sprang und hüpfte er wie ein Kleinkind. Er war nicht nur gut drauf, sondern kurz davor, überzuschnappen.

So gut es nur ging folgte ich ihm und zog mein Kleid, das durch die Laufbewegungen ständig höher glitt, immer wieder runter. Wäre ich auch nur zwanzig Meter ohne diese Maßnahme gelaufen, wäre mein blanker Hintern im Freien gewesen und meine rasierte Pflaume ebenfalls.

Keuchend kamen wir am Eingang des Hotels an. Dominik strahlte glücklich und küsste mich erneut, ehe er mich durch die riesige Tür zog. Der junge Page verneigte sich höflich und ließ dabei seinen Blick auf meinem Hinterteil ruhen – ich spürte es genau! Rasch drehte ich mich um und warf ihm einen lachend-strafenden Blick zu. Sofort stand er stramm und sein Gesicht färbte sich rötlich.

Amüsiert bestieg ich den Lift und lehnte mich erschöpft gegen die kühle Kabinenwand. Diese Show hatte mich mehr Kraft gekostet als ich gedacht hatte. Aber ich war glücklich, und so weit ich das sehen konnte, Dominik ebenfalls.

Im Hotelzimmer ließ ich mich aufs Bett fallen. Gleich nach mir landete auch mein Begleiter darauf und starrte an die Decke.

»Ich weiß gar nicht, wie ich dir jemals danken soll«, sagte

er. »Du hast mein Leben völlig verändert. Du hast es so richtig lebenswert gemacht. Erst jetzt weiß ich, wie sich Leben anfühlt. All die Jahre habe ich nur existiert und funktioniert. Aber jetzt lebe ich. Und du hast mir ein Leben ermöglicht. Es ist, als hättest du mich geboren. Als hättest du mich aus der Asche gehoben. Das ist ...«

»Stopp!«, rief ich. »Jetzt ist es aber genug!«

Leicht ärgerlich drehte ich mich zur Seite und stützte mich auf den Ellbogen. »Du glorifizierst mich total und das ist nicht gut. Ich habe dir ein paar sexuelle Wünsche erfüllt, die du von deiner Frau nicht bekommen hast. Gut. Aber mehr war es nicht. Heb mich nicht auf ein so hohes Podest. Ich habe Angst, herunterzufallen.«

Mittlerweile saß er und starrte mich ungläubig an. »Das würde ich niemals zulassen«, flüsterte er tonlos. »Niemals ...«

Mir wurde die Situation jetzt zu heiß, denn ich fürchtete, es käme ein Heiratsantrag oder ein Liebesschwur. Um mich aus dieser prekären Situation zu retten, küsste ich ihn mit geschlossenen Lippen auf den Mund, murmelte ein »Danke« und war auch schon im Badezimmer verschwunden. Eine kühle Dusche würde mir jetzt guttun, dachte ich, und stieg aus dem Hauch von Nichts, das sich Kleid nannte.

Die prickelnde Dusche tat mir wirklich gut und ich brauchte diesen Moment des Alleinseins. Das frivole Ausgehen hatte mich gefordert und ich stellte erneut fest, dass ich ziemlich ausgelaugt war. Dennoch hatte es riesigen Spaß gemacht, all diese Blicke zu spüren, das Verlangen und beinahe das Lechzen einiger Gäste hören zu können.

Nachdem ich aus der Dusche gestiegen war, betrachtete ich meinen Körper kritisch im Spiegel. Er war ganz okay, aber als Sexbombe ging ich damit sicher nicht durch. Ich drehte mich zwei Mal im Kreis, ehe mir klar wurde, dass der Reiz nicht ausschließlich von den Körperformen, sondern auch vom Benehmen und dem Outfit abhingen. Den perfekten Körper hatten nur wenige, aber man konnte ihn durch lasziges Verhalten ausgleichen. Durch diese Erkenntnis fühlte ich mich so richtig sexy und das tat mir gut. Es bauten sich sofort wieder neue Energien auf und mein Appetit auf Sex flammte auf.

Rasch überlegte ich, womit ich Dominik überraschen konnte. Mir fiel etwas ein. Dazu brauchte ich meine Handtasche, die um die Ecke auf einem Sessel lag. Vorsichtig öffnete ich die Tür einen spaltbreit und angelte sie mir. Ich holte mein Handy heraus und suchte den Stripklassiker »You can leave your head on« aus meiner Musikbox. Als zweites Lied programmierte ich Frank Sinatras »New York, New York« und dann noch ein paar weitere Songs, nach denen man gut strippen konnte.

Ich zog die schwarzen Halterlosen sowie mein Minikleid und die High Heels an. Nachdem ich das Handy auf volle Lautstärke gedreht hatte, öffnete ich langsam die Tür.

Dominik lag noch immer auf dem Bett und starrte an die Decke. Allerdings hatte er sich während meiner Abwesenheit ausgezogen. Als er die Musik hörte, setzte er sich auf und blieb freudig lächelnd auf dem Bettrand sitzen.

Wie ich es in Filmen gesehen hatte, streckte ich mein Bein durch den Türspalt und präsentierte es von allen Seiten. Dann zog ich es zurück und streckte meinen Po ins Zimmer, ließ ihn kreisen und streichelte ihn dabei. Währenddessen verließ ich das Badezimmer und rücke näher an Dominik heran. Als ich mich umdrehte, sah ich sein begeistertes Gesicht sowie seinen aufrecht stehenden Penis. Beides zeigte mir, dass ich auf dem richtigen Weg war. Davon ermutigt, legte ich so richtig los.

Ich ließ mich in den Rhythmus des Liedes fallen, schloss die Augen und tanzte, als wäre ich allein im Zimmer. Nach dem ersten Song zog ich den Stuhl neben der Badezimmertür heran, setzte mich rittlings darauf und spielte am oberen Saum meiner Halterlosen. Langsam schob ich sie nach unten, um sie dann sofort wieder nach oben zu ziehen. Nach einigen Neckereien zog ich sie aus und warf sie ihm zu. Noch im Flug fing er sie auf, drückte sie an sein Gesicht, sog den Duft meiner Haut daraus ein und küsste sie. Ich hielt inne und gönnte ihm den Moment mit den Nylons.

Nachdem er sie zur Seite gelegt hatte, beugte er sich interessiert nach vorn und leckte sich die Lippen. Offensichtlich gefiel ihm meine Präsentation, denn er griff nach seinem Schwanz, um ihn zu massieren. Doch diesen Genuss wollte ich ihm nicht gönnen. Kurzerhand nahm ich ihn an den Händen und führte ihn zu einem Stuhl, der mit Armlehnen ausgestattet war. Darauf legte ich seine Unterarme und band sie mit jeweils einem Strumpf von mir fest. Seinen Gürtel schlang ich um die beiden Sprossen der Rückenlehne und um seinen Bauch. Nun hatte er nicht mehr die Möglichkeit, selbst Hand anzulegen. Ich betrachtete mein Werk, war damit zufrieden und beugte mich vor, um an seinem Schwanz zu lutschen. Doch schon nach wenigen Sekunden ließ ich von ihm ab und zog mich weiter zu den rhythmischen Klängen der Musik langsam aus.

Dominiks Erregung stieg stetig an und immer wieder war er versucht, Hand an sich zu legen, aber die Fesseln hielten ihn davon ab. Während ich tanzte, bewegte ich mich auf ihn zu, rieb seinen Schwanz, nahm ihn in den Mund oder setzte mich für ein paar Stöße in meine nasse Pussy auf ihn. Er stöhnte und seufzte. Und als ich mich von ihm entfernte, jammerte er und versuchte mit Hüftbewegungen, seinen Schwanz gegen seinen Bauch zu schlagen. Damit wollte er sich ein wenig Erleichterung verschaffen. Doch es gelang ihm nicht.

Dieses Spiel kostete ich weidlich aus und ließ ihn im wahrsten Sinne des Wortes zappeln. Schon bald fanden seine Beine keine Ruhe mehr und sein Oberkörper wand sich in alle Himmelsrichtungen. Er raunzte und bat, ihn doch endlich zu erlösen, ihn ein bisschen länger zu blasen oder zu reiten, aber ich blieb standhaft, tanzte und strippte und zeigte ihm, wie begehrenswert ein Frauenkörper sein konnte.

Als ich wieder rittlings auf seinem Schwanz saß, schlang er die Beine um meine Knie und wollte so erreichen, dass ich ihn sofort bis zum Orgasmus ritt. Doch ich entwand mich der Umklammerung, legte mich vor ihm auf die Bettkante und gewährte ihm einen tiefen Einblick in meine Lustgrotte. Die vor Erregung stark angeschwollenen Schamlippen spreizte ich und ließ ihn den Saft sehen, der sich nun seinen Weg über meine Pobacke auf die Decke bahnte. Lustvoll rieb ich meinen Kitzler, tauchte mit zwei Fingern in meine Höhle, leckte sie genüsslich ab und steckte sie wieder hinein.

Dominik winselte und flehte darum, losgebunden zu werden. Doch ich grinste nur und spielte weiter mit meiner nassen Spalte im Rhythmus der Musik. Ich wollte meinen Lover noch ein Weilchen quälen, ihn reizen und um den Verstand bringen. Doch er war bereits am Limit und hüpfte mit seinem Stuhl umständlich in Richtung Bett. Ohne auf die möglichen Konsequenzen zu achten, versuchte er, sich auf mich zu legen, um in mich eindringen zu können. Doch er kippte nach vorn und blieb mit dem Oberkörper auf dem Bett liegen. Seine Knie berührten kaum den Boden, was ihn jetzt völlig hilflos machte.

»Bitte!«, rief er flehentlich, »bitte fick mich!«

In diesem Augenblick hatte ich Mitleid und band seine rechte Handfessel los. Sofort löste er die linke sowie den Gürtel um seinen Bauch und drang sofort in mich ein. Ohne auf mich und meinen Orgasmus Rücksicht zu nehmen, stieß er rasch in meine heiße Lustgrotte und ergoss sich unter lautem Stöhnen darin. Völlig erschöpft blieb er auf mir liegen und atmete schwer.

»Jetzt hätte ich beinahe den Verstand verloren«, gab er keuchend zu. »Ich war so geil, dass ich für einen Höhepunkt hätte morden können. Weitere zwei Minuten ohne Erlösung hätte ich nicht durchgestanden.«

Erst jetzt begriff ich, welche Qual es für ihn gewesen sein musste. Dennoch umspielte ein leises Lächeln meinen Mund. Diese Qual war einfach herrlich anzusehen. Ich genoss jedes Wort des Flehens, des Winselns und des Bettelns. Es hatte mich sogar richtig scharf gemacht und angeturnt!

Nachdem er sich von mir gerollt hatte und nur noch ausruhen wollte, kletterte ich auf ihn und führte mir seinen Halbsteifen ein. Ohne viele Worte ritt ich ihn wieder steif und kam innerhalb von einer Minute.

Als ich fertig war, legte ich mich neben Dominik und betrachtete seinen glänzenden, dunkelroten Schwanz, der noch immer kerzengerade in die Höhe stand. Ich hatte ihn einfach benutzt, ohne auf Dominik Rücksicht genommen zu haben. Ich hatte ihn als mein Eigentum und als Selbstverständlichkeit betrachtet. Das war eine neue Seite, die ich von mir nicht kannte.

Mit diesem Gedanken schlief ich ermattet ein.

15. AusgehBondage

Ich erwachte, als Dominik mich am nächsten Vormittag gegen zehn Uhr küsste.

»Ich habe mir erlaubt, ein ›Canadian Breakfast‹ für uns zu bestellen.« Er machte eine einladende Handbewegung über einen Servierwagen, der mit festlichem Geschirr und allerlei Köstlichkeiten beladen war.

Sofort war ich hellwach und setzte mich auf die Bettkante.

»Das ist aber lieb«, flüsterte ich begeistert und machte mich hungrig über eine Toastscheibe her, die ich mit gesalzener Butter und Orangenmarmelade bestrich.

»Hey, hey!«, rief er aus. »Das kommt doch erst zum Schluss! Sieh mal unter die Wärmeglocke.«

Neugierig hob ich sie hoch. Zum Vorschein kam ein großer Teller mit gebratenem Speck, zwei kleine Bratwürstchen, eine gegrillte Tomate sowie ein Spiegelei. Schon allein vom Anblick dieses üppigen Tellers lief mir das Wasser im Mund zusammen.

»Ich habe eins für uns beide bestellt. Es gibt auch noch Cornflakes und Pancakes mit Ahohrnsirup.«

Ich war begeistert.

Nach rund zwanzig Minuten Essmarathons waren wir beide völlig übersättigt und unfähig, uns zu bewegen. Wir hatten maßlos übertrieben und bezahlten unsere Gier mit leichten Bauchschmerzen. Dennoch musste ich feststellen, dass sich dieser Zustand absolut gelohnt hatte. Es war köstlich gewesen!

»Mein Vater ist Mexikaner, meine Mutter Kanadierin. Mein Bruder und ich wurden bilingual erzogen, was mir natürlich jetzt gewisse Vorteile bringt«, sagte Dominik.

»Nicht nur der Sprache wegen«, warf ich lächelnd ein. »Du bist auch so feurig wie ein reinrassiger Mexikaner!«

Doch das war ein Fehler. Sofort ergriff er die Gelegenheit und teilte mir mit, dass er durch seine Frau sehr vieles an Temperament verloren habe. Dass sie ihn in eine Zwangsjacke gesteckt hätte und er sich nicht mehr bewegen konnte. In diesem Augenblick wollte ich schreiend davonlaufen. Aber ich hielt mich zurück und griff stattdessen den einen Ausdruck von ihm auf.

»Apropos Zwangsjacke: Was hältst du davon, wenn wir heute Abend noch mal frivol ausgehen. Aber dieses Mal mit einem Ausgehbondage.«

Er überlegte kurz und nickte dann erfreut. »Die Frage ist nur, woher wir ein passendes Seil nehmen. Ich kenne hier keinen Laden, der solche speziellen Toys führt. Und ob ich eine schönes Bondage anlegen kann, ist die nächste Frage.«

Mühsam rappelte ich mich hoch, ging zu meinem Kleiderschrank und holte ein schwarzes Bondageseil heraus. Ich hatte es vor einigen Wochen im Internet bei einer Auktion günstig erstanden und in weiser Voraussicht eingepackt. Wenn man mit dem Auto unterwegs war, konnte man ungehemmt den Koffer befüllen. Und nun machte es sich bezahlt, dass ich es eingepackt hatte.

Das schwarze, weiche Seil fühlte sich gut auf der Haut an und ich bat Dominik, mich damit zu verschnüren. Mit ungeschickten Fingern wickelte er das Seil um meinen Oberkörper und knotete das Ende seitlich auf Höhe meiner linken Brust fest. Ich sah nicht nur wie ein schlecht gebundener Rollbraten aus, ich fühlte mich auch wie einer. Und ich bekam ein wenig

Panik, weil meine Arme dicht an meinen Körper gefesselt waren und ich sie nicht bewegen konnte. Eindringlich bat ich ihn, das Seil sofort wieder zu entfernen. Hektisch zog er an dem Knoten herum und schnürte mich noch weiter ein. Bevor ich endgültig in Panik ausbrach, wies ich ihn an, das Seil knapp über dem Knoten mit dem Sägemesser vom Servierwagen zu durchschneiden. Die Panik verflog mit dem Abfallen des Seiles von meinem Körper.

Nun wussten wir, wie es nicht zu machen war. Dennoch war ich neugierig und holte mein Notebook, um mich im Internet umzusehen. Bestimmt würde es darüber ein paar Artikel und Bilder, vielleicht sogar einen Film geben.

Sofort nach der Eingabe des Suchbegriffs hatten wir die Wahl zwischen knapp einer Million Artikel. Nach einigen Fehlversuchen stießen wir auf einen Film, in dem genau gezeigt wurde, wie man ein Oberkörperbondage anlegte, ohne die Arme mit einzubinden. Das war exakt, wonach wir gesucht hatten.

Während der Film auf Fullscreen lief, versuchte Dominik das Seil so zu legen, wie es gezeigt wurde. Doch er konnte der Geschwindigkeit nicht folgen, was lautes Fluchen nach sich zog. Beim dritten Anlauf wurde es mir zu dumm und ich brach die ganze Sache ab.

»Versuchen wir es einfach am Abend vor dem Ausgehen, okay? Dann bist du auch wieder ruhiger als jetzt. Lass uns die Stadt erkunden. Allzu lange haben wir ohnehin nicht mehr Zeit.«

Er nickte, brummte ein paar Worte, die ich nicht verstand, und warf das Seil zornig in die Ecke. Wir zogen bequeme Schuhe an und machten uns auf den Weg zum Auto, das uns in den anderen Stadtteil von Toronto bringen würde.

Wie am Vortag nahmen wir einige Sehenswürdigkeiten mit, fotografierten und bestaunten, lasen Erklärungen und

Hinweise. Am frühen Nachmittag tat es mir schon leid, nicht mehr Zeit in dieser wunderbaren Stadt verbringen zu können, hütete mich jedoch davor, Dominik davon in Kenntnis zu setzen. Womöglich hätte er wieder mit seiner Geschichte begonnen, dass seine Frau ihn einsperrte und er gern mehr mit mir unternommen hätte. Damit wollte ich mir ganz sicher die Tour nicht vermiesen lassen. Wir liefen noch einige Stunden durch die Stadt und kehrten dann zur Abenddämmerung ins Hotel zurück.

Nach einer ausgiebigen Dusche versuchte sich Dominik erneut als Bondagemeister. Allerdings sah er davon ab, mir noch einmal ein Bondage nach einem Video aus dem Internet anlegen zu wollen. Stattdessen versuchte er, seine eigene Kreativität walten zu lassen. Er führte das Seil um meinen Bauch, dann über die Schultern, unter meiner Brust durch, knotete es hinten zu einer Art Galgenstrick und führte es dann zwischen meinen Beinen durch. Auf Höhe meiner Klit verknotete der das Seil. Den Knoten platzierte er zwischen meinen Schamlippen direkt auf der Perle. Es fühlte sich geil an, als er am Seil zog und es bewegte, um es weiter um meinen Körper zu führen. Die beiden Enden zog er straff über meine Brüste, sodass sie zwischen den Seilen eingequetscht waren und somit besser zur Geltung kamen.

Nachdem er sein Kunstwerk lange betrachtet und für gelungen erklärt hatte, durfte ich mich im Spiegel betrachten. Das Ganze sah zwar nicht so professionell wie in dem Video aus, aber es war nicht übel. Um ihn glücklich zu stimmen, überhäufte ich ihn mit Lob, zog mir ein leichtes Sommerkleid über und betrachtete mich ein weiteres Mal im Spiegel.

Das schwarze Seil schimmerte nicht nur durch den dünnen Stoff, sondern zeichnete sich auch leicht darunter ab. Jeder, der genauer hinsah, konnte erkennen, was sich direkt an meinem

Körper befand. Nun war ich mit dem Ergebnis wirklich zufrieden und verließ in Begleitung meines mittlerweile aufgedrehten und geilen Begleiters, höschenlos das Hotel.

Auf dem Weg zu einer Bar, die Dominik als verrucht bezeichnete, übte der Knoten auf meine Klit bei jedem Schritt einen leichten Druck aus. Er war so zart, dass ich es als Streicheln bezeichnen konnte, bei dem ich sicher nicht zum Orgasmus kam. Beinahe so, als würde ein leichter Regenschauer meine Lustperle reizen und der Wind sie umspielen. Selbst das Zusammenkneifen meiner Oberschenkel erhöhte den Druck nicht. Es war eine ständige, leichte Reizung, die mich ganz kribbelig machte.

Als ob Dominik meine Gedanken lesen konnte, zog er mich in eine offen stehende Hauseinfahrt, die durch ihre Dunkelheit Schutz vor neugierigen Blicken bot. Er nahm meine Hand und führte sie an seinen Schritt. Sein Penis stand erigiert in die Höhe und lugte aus seinem Hosenbund heraus.

Ich konnte nicht anders als mich kurz hinzuknien, um den Geschmack seiner Eichelspitze mit der Zunge zu kosten. Sie schmeckte herrlich salzig und war noch von einem Lusttröpfchen feucht. Also erging es ihm nicht anders als mir.

Als Antwort darauf stand ich wieder auf und führte seine Hand unter mein kurzes Kleid direkt an meine Pussy. Er fühlte den feuchten Knoten, der an meiner Klit lag und sog scharf die Luft ein. Dann drückte er ihn ein paar Mal fest an mich, sodass sich prickelnde Schauer über meinen Rücken ergossen. Nun war ich so spitz, dass ich mehr wollte.

Ohne Rücksicht zu nehmen, ob uns jemand beobachten konnte, riss ich seinen Reißverschluss und den Knopf auf, schlang ein Bein um seine Hüfte und führte mir seinen Schwanz neben dem Seil in die Pussy ein.

Mit heftigen Stößen drückte ich mich an ihn, versuchte,

so viel wie möglich seines Prachtexemplars in mich hineinzu-
bekommen und ließ dabei den Knoten des Seils zusätzlich an
meiner Klit reiben. Es dauerte nicht lange und ein Feuerwerk
explodierte in meinem Kopf sowie in meiner Muschi.

Dominik hielt mich noch einen Augenblick fest und stieß
ganz sanft in mich, ehe er sich von mir löste.

Irritiert sah ich ihn an. »Weshalb hörst du auf? Gefällt es
dir nicht?«

Er legte den Kopf in den Nacken und verstaute seine Lanze
in der Hose. »Mädchen, wenn ich jetzt einen Orgasmus habe,
dann nehme ich mir viel an Lust während der kommenden
nächsten Stunden im Lokal. Das habe ich dir auch schon
gestern erklärt. Nach einem Orgasmus ist alles nur noch halb
so geil wie vorher. Deshalb übe ich mich jetzt wieder in Askese
und kann sowie dich alsauch unseren Barbesuch doppelt genießen.« Er küsste mich auf die Stirn, zog mein Kleid zurecht
und führte mich wieder auf den Gehsteig und somit wieder
ins Licht der Straßenlaternen.

Meine Lust war durch den kurzen Ritt im Stehen zwar
befriedigt, aber ich verspürte sie erneut aufkeimen. Ob es die
Situation mit dem Bondage oder der Seilknoten war, konnte
ich nicht sagen. Ich konnte nur sagen, dass ich scharf wurde
und dies in vollen Zügen genoss.

Die Bar, die wir betraten, war nicht gerade groß und ziemlich
eng. Die kleinen Bistrotische standen knapp aneinandergereiht,
weshalb man auf den wenigen, hohen Barhockern, die verein-
zelt unter den Tischen standen, nicht wirklich bequem sitzen
konnte. Dicke Menschen hätten hier keinen Platz gefunden.

Aber dieses Lokal hatte tatsächlich einen leicht anrüchigen
Touch, ein laszives Flair, das mich sofort ansprach. Wir bahnten
uns einen Weg durch die Menge und fanden in der Mitte des
Raumes einen Tisch, an dem ein einzelner Herr gelangweilt in

die Menge blickte. Als Dominik ihn höflich fragte, ob wir uns an seinen Tisch stellen dürften, musterte er mich, leckte sich die Lippen, nickte wohlwollend und lehnte sich auf die Tischplatte.

»Ihr seid nicht von hier, wie?«, fragte er und nahm dabei seinen Zahnstocher nicht aus dem Mundwinkel. Mit seinem karierten Hemd und den dicken Lederstiefeln wollte er sich als lässiger Cowboy ausgeben, was ihm auch tatsächlich gelang.

»Wir sind übers Wochenende hier«, sagte Dominik. »Wir reisen morgen wieder ab und wollen jetzt noch mal das Nachtleben der Stadt inhalieren.«

Unser Gegenüber nickte und wechselte den Zahnstocher vom linken Mundwinkel in den rechten. »Eine hübsche Puppe hast du da abgeschleppt. Ist es überhaupt notwendig, sie anzubraten? Sie schreit doch förmlich danach, gefickt zu werden.«

Mit seiner schwieligen Hand berührte er meinen Hals und ließ sie in Richtung Busen wandern. Beinahe im gleichen Augenblick stieß Dominik seinen Arm zur Seite, sodass er heftig auf den Rücken des Mannes am Nebentisch schlug. Obwohl er kleiner als der Cowboy war, trat er ganz nahe an ihn heran und schob ihm drohend seinen Zeigefinger unter die Nase.

»Sofort entschuldigst du dich bei der Lady oder ich ...«

In diesem Moment stand der Barkeeper mit einer Flinte neben uns. »Jetzt beruhigt euch. Es ist nicht passiert. Hier wird nicht gedroht oder geschlagen. Alles easy! Und du, Dave, gehst besser nach Hause. Du hast für heute genug.«

Ein letzter dunkler Blick des Lustmolches traf mich, bevor er wortlos kehrt machte und verschwand. Der Barkeeper senkte seine Flinte in Richtung Boden.

»Ist alles okay mit euch beiden?«, fragte er. »Dave hat den Tod seiner Frau und seiner beiden Kinder nicht verkraftet. Seid ihm nicht böse. Er leidet schon seit vielen Jahren darunter.«

»Wir sind okay«, stieß ich zitternd hervor. »Und das mit

seiner Frau tut mir leid.«

Damit war die Sache für den Barkeeper erledigt. Er drehte sich um und nahm auf dem Weg zum Tresen gleich einige leere Gläser von den Tischen mit.

Wir sahen uns im Lokal um, aber niemand schien Notiz davon genommen zu haben.

»Ich nehme an, dieser Dave macht so etwas öfter und die Stammgäste sind solche Auftritte gewohnt. Lass uns den Vorfall für den Moment vergessen und das machen, weswegen wir hergekommen sind«, sagte Dominik.

Er fasste mich am Kinn, küsste mich zärtlich und kniff mir in den Po.

»Okay«, flüsterte ich und meinte es auch so.

Er holte mir einen Drink, den ich hinunterstürzte, um meine Nerven zu beruhigen. Dennoch kam keine richtige Stimmung auf und ich schlug vor, das Lokal zu verlassen, um ein anderes zu suchen. Dominiks Verständnis dafür war groß und wir drängten zum Ausgang. Ohne abschließenden Blick auf die Bar verließen wir sie und atmeten erst auf dem breiten Gehsteig durch. Wir fühlten uns wieder frei und genossen die Weite der Stadt. Das Vergnügungsviertel hatte unzählige Lokale und Bars zu bieten, die allesamt durch bunte Lichter oder übergroße Figuren an den Eingängen zum Eintreten und Verbleiben einluden.

Mit etwas schnellerem Schritt steuerten wir auf das Ende der Straße zu, wo die Fußgängerzone zu einem Rummelplatz wurde. Clowns jonglierten, Streetdancer wirbelten um die eigene Achse und lebende Statuen verlangsamten ihren Herzschlag so weit, dass man meinte, sie seien tatsächlich aus Stahl oder Gips.

Bei einer solchen lebenden Statue blieb ich stehen und bewunderte die Körperbeherrschung, die der Mann an den Tag legte.

»Nicht schlecht, oder?«, fragte mich der Mann neben mir.

Sein schmaler Körper steckte in einer schwarzen Lederhose, über die ein weißes Hemd mit leichtem Rüschenansatz hing. Bei jedem anderen hätte dieses Outfit komisch gewirkt, aber bei ihm passte es einfach zu den mit Kajal umrandeten Augen und den mit Gel geglätteten Haaren.

»Oja«, bestätigte ich und akzeptierte seine Hand an meiner Hüfte.

»Bist du allein hier?«, fragte er und ließ seine Finger über das Seil an meinem Rücken gleiten.

»Das ist Dominik«, stellte ich vor und schob ihn ein wenig in das Blickfeld des Fremden.

Dieser hob eine Augenbraue und lächelte verschmitzt. »Ein tolles Mädchen hast du da. Und so gut verschnürt. Ein seltenes Kunstwerk. Was hältst du davon, sie mir so richtig geil vorzuführen? Zeig, was du drauf hast! Die kleine Schlampe gehört so richtig gut durchgevögelt.«

Eindringlich sah ich Dominik an und wusste nicht, was »vorführen« bedeuten sollte. Aber ich vertraute darauf, dass er mit diesem Ausdruck etwas anzufangen wusste.

Dominik lächelte, legte den Kopf schief und zuckte mit den Schultern. »Klingt gut. Wo können wir das machen?«

»Gleich um die Ecke gibt es ein kleines Hotel. Dorthin können wir uns verziehen.«

Dominik nickte erneut. »Ich muss mir nur noch rasch Zigaretten kaufen. Und eine Flasche Bier. Willst auch eine?«

Der Mann nickte und zwinkerte mit dem rechten Auge. »Nimm besser zwei oder gleich drei für jeden. Ich geh schon mal vor und erledige die Formalitäten. Fragt einfach nach der Zimmernummer von Joe. Joe bin ich. Ich warte im Zimmer. Meinen Schwanz waschen werde ich aber nicht. Das soll deine Schnecke mit ihrer Zunge erledigen.«

»Oh ja, das kann sie machen«, erklärte Dominik, drehte sich um und pfiff nach mir.

Fassungslos sah ich ihn an, folgte ihm dann aber. Im Eilschritt bahnten wir uns einen Weg durch die Menge. An der nächsten Ecke zog er mich an sich und prustete vor Lachen.

»Dieser Idiot dachte doch tatsächlich, ich stelle dich ihm wie eine dreckige Schlampe zu seiner Befriedigung zur Verfügung. Jetzt hat er ein Hotelzimmer bezahlt und kann sich dort einen runterholen.« Er bog sich vor Lachen und riss mich mit.

Erst jetzt kapierte ich, was hier lief. Wir küssten uns und sprangen fröhlich weiter, bis wir eine Bar entdeckten, die ziemlich anrüchig aussah. In diese kehrten wir sofort ein und wussten schon auf der Schwelle, dass wir hier richtig sein würden.

Dicke Rauchschwaden unzähliger Zigaretten zogen im diffusen Licht der Deckenbeleuchtung träge durch den Raum. Die Holzpfeiler, an denen vorwiegend Männer lässig lehnten, erinnerten mich an Eisenbahnschwellen, die in der Sommerhitze den unverkennbaren Geruch von Carbolineum verbreiteten.

Dominik sah mich fragend an und ich bestätigte mit kurzem Nicken, dass ich hier bleiben wollte. Hier fühlte ich mich wohl und der Barkeeper machte nicht den Eindruck, als stünde er gleich mit der Flinte neben uns.

Einige der Anwesenden blickten zu mir herüber und legten den Kopf schief. Offensichtlich maßen sie mich, beziehungsweise schätzten sie ihre Chancen auf ein Kennenlernen oder mehr ab. Sofort lächelte ich diese Herren an. Wie mit einem unsichtbaren Lasso zog ich ihre Blicke hinter mir her und sicherte mir ihre Aufmerksamkeit. Langsam ging ich an ihnen vorüber und berührte den einen oder anderen wie zufällig.

Am Tresen waren noch einige Plätze frei und wir wählten zwei in der Mitte. Ich nahm ich den rechten Hocker, weil er von der Barbeleuchtung gut erhellt wurde. Mein Bondage wurde damit besser sichtbar und ich fühlte mich, als wäre ich auf einer Bühne im Scheinwerferlicht. Dadurch kam das Feeling, das ich am Vortag in der Bar verspürte, wieder in mir hoch und gesellte sich zur Geilheit, die mir der Bondageknoten auf meiner Lustperle bescherte. Ich hatte Lust auf unkomplizierten Sex, auf Präsentation, auf gierige Blicke geiler Männer und auf totale Befriedigung. Und genau das schien ich auch auszustrahlen.

Nachdem ich mich so hingesetzt hatte, dass ich den Raum im Auge hatte und die Männer meine Vorderseite gut sehen konnten, schlug ich langsam ein Bein über das andere und ließ dabei das schwarze Seil zwischen meinen Beinen sehen. Da Männer auf wippende Schuhe an Frauenfüßen stehen, setzte ich mein Bein leicht in Bewegung und löste den Schuh von der Ferse. Nun baumelte der schwarze High Heel an meinen Zehen und zog so manchen Blick auf sich.

Doch das Wippen meines Beines ließ den Knoten in meinem Schritt tanzen und meine Erregung weiter ansteigen. Ich wurde ziemlich kribbelig und schob mein Becken kaum merklich auf dem Barhocker vor und zurück. Langsam ließ ich es kreisen und genoss die warmen Wellen, die von meiner erregten Pussy aufstiegen. Mein Kleid glitt über die linke Schulter und erlaubte den Anwesenden, einen Blick auf mein Ausgehbondage zu werfen. Viele Männer hatten ihr Gespräch unterbrochen und starrten auf das Seil, das sich über meine nackte Schulter in Richtung meiner Brüste zog. Unter dem Stoff meines Kleides war die Weiterführung des Seils zu erahnen.

Es machte mir richtig Spaß, mich zu präsentieren. Ich beugte mich ein wenig nach hinten, um mit Schwung meine Haare über die Schultern schwingen zu lassen. Natürlich vergaß ich nicht, meine Brüste, die durch das Seil hervortraten, noch mehr herauszustrecken.

Dominik lächelte mich an, stand auf und begab sich hinter mich. Er fasste zärtlich an meine Schultern, küsste meinen Hals und streichelte meine nackten Oberarme. Genüsslich legte ich den Kopf zurück, schloss die Augen und gab mich der erregenden Zuwendung hin.

»Ich gehe kurz auf der Toilette. Du bist einfach fabelhaft«, flüsterte er mir ins Ohr und sein Mund verließ nach einem Abschiedskuss meinen Hals.

Kaum war er in dem kleinen, dunklen Gang zu den Toiletten verschwunden, stand auch schon ein Mann im mittleren Alter neben mir und bestellte einen Drink. »Sie lassen es ja ganz schön krachen«, ließ er mich wissen. »Sind Sie immer so gut drauf?«

»Raten Sie mal«, entgegnete ich und sah ihn aus den Augenwinkeln an.

Mit der Fingerspitze zeichnete er die Konturen meines Oberarms nach und sah mir dabei in die Augen. »Wenn ich direkt sein darf, dann muss ich sagen, dass mir eine so attraktive, geile Frau noch nie begegnet ist. Das Bondage unter ihrem Kleid heizt so richtig an und lässt mich alle anderen Frauen vergessen. Ihr Mann kann sich glücklich schätzen.«

Mit einem Augenzwinkern nahm er seinen Drink und bewegte sich wieder vom Tresen weg. In diesem Moment überschlugen sich meine Gefühle. Beinahe euphorisch saß ich auf dem Barhocker und wurde immer geiler. Der Knoten zwischen meinen Beinen war wie ein zärtlicher Lover, der seine Zunge nicht im Zaum halten konnte. Jede noch so kleine Bewegung quittierte er mit einem Lustgefühl, das mich durchströmte. Im Moment hatte ich Lust, jeden einzelnen Mann hier in der Bar zu vögeln. Ich stellte mir vor, auf meinem Barhocker weit nach vorn zu rutschen, sodass mein Hintern mit der Kante abschloss. Zwei Männer sollten meine Beine hochhalten und somit meine gierige Pussy frei geben. Dann würden alle anwesenden Männer, inklusive dem Barkeeper, sich mit heruntergelassener Hose vor mich stellen. Sie alle würden bereits ihren Schwanz steif haben, daran reiben oder ihn von einer anderen Frau hochblasen lassen. Dann würden sie mich ficken. Einer nach dem anderen. Sie würden sich vor mich stellen, ihn mir wortlos reinschieben, mich hart stoßen und innerhalb kürzester Zeit kommen. Sobald ein Schwanz aus mir raus wäre, würde schon der nächste in mir stecken. Und die Männer, die fertig wären, würden sich ihren Schwanz von einer weiteren Frau sauberlecken lassen.

Meine Spalte war nicht nur feucht, sondern nass und ich spürte, wie sich ein Tropfen meines Muschisaftes in Richtung Hocker davonmachte. Ich war so geil, dass ich, ohne es zu merken, auf dem Bondageknoten ritt. Einige der Männer starrten mich so gebannt an, dass die Asche ihrer abgebrannten Zigaretten auf den Boden fiel. Sie ließen ihr Bier warm werden und vergaßen, ihren Kumpels prahlerisch von ihrer letzten Eroberung zu erzählen. Selbst der Barkeeper verharrte erstarrt mit dem Poliertuch in einem Glas. Alles war still.

Ihre sehnsüchtigen Blicke, die mich auf der Stelle zu verschlingen drohten, dienten als weiterer Zündstoff. Ich stand in Flammen und mich konnte jetzt nur noch ein heftiger Orgasmus retten.

Jener Mann, der sich vor zwei Minuten mit mir unterhalten hatte, lehnte an einem Pfeiler und hatte seine Augen auf mich geheftet. Seine Lider flatterten ein wenig und ich sah, dass er eine dicke Beule in der Hose hatte. Die Spannung in mir ließ sich kaum noch ertragen. Ich rutschte auf dem Knoten herum und versuchte, mir auf diese Weise einen Orgasmus zu verschaffen.

Einigen der Herren durfte es nicht anders als mir ergehen. Sie rutschten ganz nah an ihre Tische und ließen die Hände darunter verschwinden. Dass sie ebenso geil waren wie ich, amüsierte mich, machte mich aber auch stolz. Dennoch brauchte ich jetzt einen Fick dringender denn je. Ohne viel nachzudenken glitt ich vom Hocker und steuerte ebenfalls die Toiletten an. Im Vorbeigehen schnappte ich mir die Hand des Mannes, der mich zuvor am Tresen angesprochen hatte. Ohne zu zögern folgte er mir – und wahrscheinlich alle Augenpaare der Anwesenden in der Bar auch.

Mit festen Schritten drängte er mich in die Damentoilette, die wahrscheinlich leer war. Im Männerwaschraum würden wohl einige Besucher gerade ihre Geilheit befriedigen.

Kaum war ich in der Kabine, kniete er auch schon vor mir auf dem Boden, hatte seinen Kopf unter mein Kleid gesteckt und lutschte an meiner Klit. Das Seil hielt er mit den Fingern zur Seite. Während er an mir saugte und mich leckte, öffnete er den Reißverschluss seiner Jeans. Ein dunkler, mächtiger Kolben sprang heraus, auf dessen dicker Eichel sich schon der eine oder andere Lusttropfen sehen ließ.

Wortlos hob er mich hoch, drückte mich an die Wand und drang von vorn in mich ein. Das Seil hatte er zwar zur Seite geschoben, damit er mich penetrieren konnte, den Knoten jedoch hatte er geschickt wieder auf meinem Lustknopf platziert. Er packte mich unter den Knien und stieß heftig in mich. Gierig sog ich seinen männlichen Geruch ein, den er von sich gab und mich noch wilder machte. Sein Schwanz pumpte in meine nasse Pussy und der Knoten rieb an meiner Klit. Innerhalb weniger Augenblicke explodierte in mir ein Feuerwerk, das heiße Asche auf mich regnen ließ. Ich keuchte, schrie und krallte mich in seine starken Oberarme. Wie von Sinnen schlug ich mit den Händen an die Wand und gleich darauf gegen seine Schultern. Ich ritt auf einer niemals enden wollenden Orgasmuswelle.

Der Mann lächelte und vögelte mich weiter. Er packte mich noch fester, da ich mich in alle Richtungen wand und zu Boden zu stürzen drohte. Er stieß in schnellem Rhythmus in mich und drückte mich noch heftiger an die Wand. Meine Lungen bekamen kaum noch Luft. Ich rang nach Atem, sog gierig den Atem ein und ließ mich erschöpft ein seine schützenden Arme sinken, als er plötzlich inne hielt und zu zucken begann. Er vergrub sein Gesicht zwischen meinem Kopf und meiner Schulter, drückte mich noch fester an sich und stieß einen hohen leisen Ton aus. Dann war alles ruhig. Die sexuellen Wogen hatten sich geglättet und wir lehnten stumm an der Kabinenwand. Die Welt war wieder zurückgekehrt.

Nach rund zwei Minuten hatte sich mein Lover im Griff und ließ mich wieder festen Boden unter den Füßen spüren. Ohne ein Wort zu verlieren, öffnete er die Tür und verließ die Kabine, um sich am Waschbecken frisch zu machen. Ich folgte ihm und sah Dominik in der Ecke des Waschraums stehen. Er kam auf mich zu, küsste mich und verließ den Raum.

»Bekommst du jetzt Probleme?«, fragte er hastig und deutete mit dem Kopf auf die Waschraumtür. »Ich werde das alles auf mich nehmen. Lass es mich ihm erklären.«

So viel Heldenmut war niedlich, aber nicht nötig. Ich erklärte ihm kurz die Sachlage und er war beruhigt.

»Dies war mein bislang tollstes Erlebnis und wird es aller Voraussicht auch bleiben. Ich danke dir dafür. Du bist eine ganz besondere Frau. Pass auf dich auf.«

Mit einem zärtlichen Kuss auf die Wange verabschiedete er sich und verließ die Toilette. Noch etwas verwirrt lehnte ich mich an das Waschbecken und versuchte, meine Gedanken zu ordnen.

Als ich wieder klar im Kopf war, machte ich meine Pussy frisch und öffnete die Tür zur Bar. Dominik stand davor und empfing mich mit einem langen Kuss. Er sah mir tief in die Augen, umfasste meine Taille und ging mit mir federnden Schrittes aus der Bar, wo uns alle Blicke folgten.

»Lass uns schnell nach Hause gehen, denn ich möchte dich nicht an der nächsten Straßenecke vögeln. Ich bin so geil, dass ich kaum noch laufen kann. Du warst fantastisch, einfach umwerfend, überdimensional sexy! Komm, lass uns ein Taxi nehmen, sonst drehe ich durch.«

Im Taxi streichelte ich seine dicke Beule in der Hose und wurde ebenfalls wieder kribbelig. Der Barbesuch hatte mich noch mehr aufgeheizt als ich es mir anfangs zugestehen wollte.

Schon im Aufzug zog sich Dominik das Hemd, die Schuhe sowie die Socken aus. Zwischendurch fummelte er immer wieder unter meinem Kleid und genoss die zarte Glätte meines Venushügels. Es war bereits halb zwei Uhr morgens und somit war nicht damit zu rechnen, dass uns andere Gäste so sehen konnten.

Kaum waren wir durch die Tür getreten, zerrte er mir das Kleid über den Kopf, seine Hose von den Beinen und warf sich aufs Bett. Sofort sprang ich auf ihn, schob das Bondage zur Seite und ritt ihn wie besessen in einen Megaorgasmus hinein. Er wimmerte leise, sein Oberkörper zuckte vom Bett hoch, die Hände krallten sich in die Decken und seine Beine schlugen auf die Matratze.

Auch mich schüttelte ein heftiger Orgasmus und ich schrie meine Wollust laut heraus. Dann sackte ich kraftlos auf Dominik zusammen und döste sofort weg.

***

Gegen elf Uhr weckte uns der Page, der die Koffer ins Foyer tragen wollte. Rasch packten wir unsere wenigen Sachen, duschten und waren auch schon aus dem Hotel verschwunden.

Den Anfang der Heimfahrt verbrachten wir schweigend. Es war kein peinliches Schweigen, sondern ein erinnerndes. Erst nach der ersten Stunde unterhielten wir uns über die vergangen Tage und Dominik trat mit einer erneuten Bitte an mich heran.

16. SEKTDUSCHE

Er erzählte mir, dass er am kommenden Samstag Geburtstag hätte. »Ich möchte eine ganz besondere Feier veranstalten und hätte dich gern dabei.«

Da ich Partys gern mochte, stimmte ich freudig zu. Doch sein Blick verriet mir, dass diese Party nicht das sein würde, woran ich gerade gedacht hatte.

»Wer soll denn zu der Party kommen und wo soll sie statt-finden?«, fragte ich verunsichert.

Dominik lachte verlegen, nestelte an seinen Jeans herum und sah zu Boden. »Genau darum geht es. Ich habe einen ganz be-sonderen Wunsch, den du mir zum Geschenk machen könntest.«

Er hörte zu sprechen auf, suchte nach Worten.

»Jetzt drucks nicht so lange herum! Du hast immer irgend-welche besonderen Wünsche, die du anfangs nicht auszuspre-chen wagst. Sag endlich, was Sache ist. Ich werde dich schon nicht fressen!«, schleuderte ich ihm ungeduldig entgegen und stemmte die Hände in die Hüften.

Dominik sah mich an und lächelte. »Fressen ist gut. Bist du Hellseherin?«

Jetzt hatte der Spaß aber ein Ende. Ich konnte es nicht ausstehen, wenn jemand nicht sagte, was er wollte. »Entweder sagst du mir jetzt auf der Stelle, was du geplant hast oder wir vergessen die ganze Sache. Ich habe wirklich keine Lust auf Ratespiele oder halbherzige Informationen!«

Dominik hob beschwichtigend die Hände und stoppte mit seinen offenen Handflächen meine Maulerei. »Ist ja schon gut, beruhige dich. Also, es geht um Folgendes: Ich würde gern ein Märchen mit dir nachspielen.« Er biss sich auf die Lippen und sah betreten zu Boden. Sichtlich schämte er sich wieder seiner Wünsche, Begierden und Sehnsüchte wegen, obwohl ich nicht fand, dass er sich deshalb hätte schämen müssen.

Ich lachte auf, weil ich die Idee witzig fand.

»Lach mich nicht aus. Ich hätte das wirklich gern mal erlebt.«

»Ist schon in Ordnung!«, besänftigte ich ihn. »Ich finde die Idee ja gut. Lass mal hören, welche genauen Vorstellungen du hast.« Mit großer Aufmerksamkeit sah ich ihm in die Augen und wartete, worauf das Ganze hinaus lief.

»Rotkäppchen nachzuspielen wäre am einfachsten. Ich habe da nämlich in einem Wald ein altes Försterhaus gefunden, das seit vielen Jahren verlassen und noch eingerichtet ist. Sehr schlicht, aber für diese Zwecke durchaus geeignet.«

Als er mir in die Augen sah, stellte ich fest, dass seine Gesichtsfarbe einen rötlichen Ton angenommen hatte.

»Die Idee gefällt mir gut«, sagte ich. »Aber wie hast du dir das Ganze konkret vorgestellt? Du bist der Wolf, der mich dann im Bett vernascht?«

»Ja, so in etwa. Aber da gibt es auch noch die Jäger, die zwar das Rotkäppchen nicht aus dem Bauch des Wolfes holen, aber bei der ersten Begegnung hinter den Bäumen stehen und zusehen, später rund ums Haus stehen und uns durch die Fenster beobachten.«

Einen Moment lang dachte ich über diese Inszenierung nach. »Okay, das hört sich gut an. Aber woher bekommst du die vielen Männer?«

»Ich bin mir sicher, dass es einige Interessierte in einschlägigen Foren gibt. Wir müssten nur ein Inserat mit Foto aufgeben und hätten wahrscheinlich in kurzer Zeit eine Menge Zuschriften. Ich würde sagen, wir nehmen nur Männer im Alter von fünfundzwanzig bis vierzig. Rasiert müssen sie sein, das ist eine Bedingung, allzu hässlich sollten sie auch nicht sein. Wenn möglich, gut bestückt. Unter ihnen könnten wir dann in Ruhe auswählen, wen wir nehmen. Was hältst du davon?«

Jetzt war ich so richtig in Fahrt gekommen, denn ich stellte mir diese Szene sehr aufregend vor.

Wir setzten uns sofort an dem Computer, um das entsprechende Inserat aufzugeben. Da wir annahmen, dass die meisten Männer in einem solchen Forum liiert waren, setzten wir die »Party« an einem Mittwoch um fünfzehn Uhr fest. Jetzt hieß es nur noch warten, um die attraktivsten Männer auszuwählen.

Nachdem wir den Computer wieder abgeschaltet hatten, holte ich eine Flasche Sekt aus der Bar. »Wir können schon mal ein wenig vorfeiern, auch wenn der Sekt nicht kalt ist«, schlug ich vor.

Dominik sah mich erfreut an und nickte. »Ich springe nur noch schnell unter die Dusche.«

Ich holte Gläser und lauschte dem Rauschen des Wassers. Irgendwie machte mich die Vorstellung von Dominik unter der Dusche kribbelig und plötzlich bekam ich auch Lust, Wasser auf mir zu spüren.

Noch bevor ich einschenkte, kam mir eine Idee, wie wir den Sekt auf eine etwas andere Art genießen konnten. Rasch schlüpfte ich aus meinen Kleidern und war auch schon mit der geöffneten Flasche im Badezimmer, wo Dominik sich gerade abtrocknete.

Mit einem langen Kuss drehte ich mich um ihn herum und stieg in die Duschkabine. Ich ließ einen sanften Schauer über mich rieseln und schäumte mit Duschgel meine Brüste und meinen Schritt ein. Als ich meinen Körper wandt, um Dominik meinen Po zu präsentieren, sah ich, dass er bereits eine kräftige Erektion hatte. Gebannt starrte er zwischen meine Beine und konnte sich ganz offensichtlich nur mit sehr viel Mühe zurückhalten.

Lächelnd präsentierte ich ihm die Sektflasche so, als wollte ich sie zu einem Höchstpreis verkaufen. Ich wackelte einladend mit den Hüften, ließ sie genussvoll über die nassen Brüste gleiten und nahm einen lasziven Schluck daraus. Dann spreizte ich die Beine und führte mir den Flaschenhals genussvoll in meine Pussy ein. Sie fühlte sich gut an und ich wurde spitz. Langsam fickte ich mich damit und brachte damit die Perlen in Wallung. Der Sekt begann zu schäumen, spritzte direkt in meine Muschi und lief dann wieder aus ihr heraus. Noch immer schaumig lief er die Innenseiten meiner Oberschenkel entlang und tropfte dann in die Dusche.

Dominik starrte die Flasche, die immer wieder zum Teil in mir verschwand, und den herausquellenden Schaum, mit riesigen Augen an. Erst als ich ihn ansprach, löste er sich aus seiner Starre und bewegte sich wieder. Er war sichtlich in eine andere Welt abgetaucht. Durch das kurze Schütteln des Kopfes trat er wieder in unsere Welt ein und sah mir in die Augen.

Mit einem Lächeln setzte er sich unter mich und hielt das Gesicht dem Sektwasserfall entgegen, der noch immer aus meiner Muschi toste. Gierig öffnete er den Mund und ließ sich das Gemisch aus Alkohol und geilem Muschisaft schme-cken. Heftig rieb er an seinem Schwanz, der sich mittlerweile dunkelrot verfärbt hatte.

Mit der anderen Hand streichelte er heftig meine Lustperle und bescherte mir auf diese Weise heiße Schauer. Mein ganzer Körper prickelte, als ob von oben eine Sektdusche auf mich herunterprasseln würde. Völlig enthemmt fickte ich mich nun immer schneller, der Schaum prickelte immer mehr in meiner Lustgrotte und Dominik leckte zusätzlich meine pralle Klitoris.

Plötzlich überrollte mich eine brennend heiße Flutwelle. Mein Atem stockte und meine Beine begannen zu zittern. Ich musste die Flasche aus meiner Spalte entfernen, denn ich war in einer Flut heißer Gefühle, die sich wie ein Feuerwerk in mir ausbreiteten. Unter heftigem Keuchen und wilden Zuckungen rollte eine Orgasmuswelle nach der anderen über mich hinweg. Dominik hatte mittlerweile seinen offenen Mund an meine Pussy gedrückt und den letzten Rest des Sekts sowie einer gehörigen Menge an Muschisaft aus mir geleckt.

Ohne Vorwarnung packte er mich an den Hüften und zog mich in einem Schwung auf seinen Schwanz. Er stützte seine Arme hinter sich ab und stieß sein Becken kräftig gegen meinen empfindlichen Schritt. Mit harten Stößen fickte er mich. Sein Schwanz löste in mir eine erneute Welle des Orgasmus aus und wir kamen gleichzeitig unter heftigen Zuckungen.

Nachdem wir ein oder zwei Minuten in der Dusche sitzend verschnauft hatten, schüttelte Dominik kurz den Kopf und meinte: »Wow!«

Wir rappelten uns hoch, legten uns ins Bett und ließen diese wunderbaren Momente in aller Stille und Nähe nachwirken.

17. ROTKÄPPCHEN

Nur wenige Tage, nachdem wir das Inserat geschaltet hatten, warteten rund vierzig Zuschriften von Männern auf uns, die bei dem Märchenspiel dabei sein wollten. Teilweise waren die Mails derart primitiv geschrieben, dass ich sie löschte, noch ehe ich sie zu Ende gelesen hatte.

Andere hingegen waren interessant und hatten auch Fotos im Anhang. Sorgfältig sortierte ich zwölf davon aus. Beim Rest bedankte ich mich und teilte ihnen mit, dass sie leider nicht für uns geeignet wären. Die zwölf Verbliebenen bat ich um die Telefonnummer, um Fakes auszuschließen. Mir war klar, dass ich trotz der Handynummer noch immer keine Garantie hatte, aber mehr konnte ich zu meiner Sicherheit nicht tun. Und wenn keiner von den Männern auftauchen würde, dann hatten wir eben Pech. Dieses Risiko mussten wir eingehen.

Die Bilder und Mails leitete ich an Dominik weiter und er schickte ihnen einen genauen Plan, wo das Märchen gespielt werden sollte. Er teilte ihnen auch ein paar Details in Bezug auf den Ablauf mit, den ich jedoch nicht erfahren durfte. Er hatte an dieser Geheimniskrämerei seine wahre Freude und ich ließ sie ihm.

Schon am Morgen des Mittwochs war ich nervös. Einerseits kribbelte es bei dem Gedanken, ein Märchen geil nachzu-spielen, andererseits war der Gedanke an die Voyeure auch sehr aufregend. Immer wieder blickte ich auf die Uhr, doch die Zeit schien stillzustehen. Punkt zwölf packte ich meine Tasche und war ruck zuck aus dem Büro draußen. Ich wollte mich noch rasieren und die Kleidung, die Dominik mir in einem verschlossenen Koffer mitgegeben hatte, anziehen. Die Zahlenkombination wollte er mir jedoch erst um dreizehn Uhr per SMS mitteilen.

Nach einer ausgiebigen Dusche und Rasur bekam ich die drei Ziffern für den Verschluss des Aktenkoffers. Neugierig kramte ich darin herum und fand die ganze Situation recht witzig. Dennoch breitete sich das leichte Kribbeln immer weiter in mir aus. Rasch schlüpfte ich in die Kleidung und holte einen Korb, den ich mit einer Flasche Wein und einem gekauften Kuchen füllte. Obendrauf kam noch ein rot-weiß-kariertes Geschirrtuch, das Dominik mir in den Koffer gelegt hatte. Er hatte alles bis ins kleinste Detail geplant und organisiert.

Im Internet las ich mir noch einmal das Märchen durch und stellte mir vor, wie ich frisch-fröhlich durch den Wald hüpfte, dem bösen Wolf begegnete und mich von den vielen Voyeuren begaffen ließ. In der Fantasie sah das alles ganz einfach aus, doch ich hatte in der Wirklichkeit Bedenken, ob ich mich in die Rolle dieser Märchenfigur fallen lassen konnte.

Nachdem ich ein paar Fotos von mir im Rotkäppchenoutfit gemacht hatte, nahm ich den Korb und trat auf den Gang hinaus. Als ich jedoch die Tür abschließen wollte, hörte ich, dass jemand am Ende des Ganges seine Tür öffnete. Blitzschnell war ich wieder in meiner Wohnung und lehnte mit klopfendem Herzen an der geschlossenen Tür. In dieser absolut lächerlichen Aufmachung durfte mich kein Mensch sehen, dem ich danach jemals wieder unter die Augen treten wollte.

Als die Schritte verhallt waren, lugte ich vorsichtig auf den Gang hinaus. Niemand war zu sehen. In Windeseile sprintete ich über die Treppen und den kleinen Parkplatz. Im Auto vergewisserte ich mich, dass mich keiner der Hausparteien vom Fenster aus beobachtet hatte. Alles war ruhig, alle Fenster waren unbesetzt. Bis jetzt schien so weit alles in Ordnung zu sein.

Als ich am vereinbarten Treffpunkt angekommen war, wartete Dominik bereits im Wagen.

»Hallo Rotkäppchen!«, begrüßte er mich freudestrahlend. »Gut siehst du aus!«

Unsicher lächelte ich, weil ich nicht wusste, ob er es ernst meinte. Jetzt war ich noch nervöser und fragte nach dem genauen Standort des Häuschens. Dominik aber meinte nur, dass wir jetzt nicht reden sollten, weil ich schon Rotkäppchen war. Während der gesamten Fahrt spielte ich nervös mit dem Saum der weißen Schürze, die ich trug.

Nach rund einer halben Stunde Fahrzeit parkte er an einem Waldrand, an dem schon etliche andere Fahrzeuge standen, aber leer waren. Plötzlich hatte ich einen Kloß im Hals und mein Mund wurde trocken.

»In zwei Minuten gehst du los. Folge immer dem Weg, dann kannst du das Haus nicht verfehlen.« Mit diesen Worten war er auch schon im Wald verschwunden.

Etwas ängstlich sah ich in den Wald hinein. Das Jägerhaus konnte ich von meiner Warte aus nicht erkennen, aber ich vertraute Dominik. Somit marschierte ich los und musste über mich lachen. Ich spazierte hier mit roten Spangenschuhen, weißen Kniestrümpfen, einem roten Dirndl mit weißer Schürze und einem roten Käppchen durch den Wald und hatte kein Höschen an. Nicht weit von mir entfernt lag ein geiler Mann im Bett und spielte wahrscheinlich schon an seinem Schwanz. Die Vorstellung machte mich geil und ich schloss die Augen. Ich stellte mir vor, wirklich Rotkäppchen zu sein und plötzlich fühlte ich mich auch so. Ein Kinderlied singend hüpfte ich durch den Wald und lächelte in mich hinein, als ich hin und wieder einen der Voyeure hinter den Bäumen entdeckte. Vorsichtig lugten sie hervor und so mancher hatte bereits seinen Schwanz in der Hand.

Diese Männer trugen dazu bei, dass ich bereits feucht zwischen den Beinen wurde. Meine Knospen spannten sich unter der Bluse und rieben beim Hüpfen leicht am Stoff. Ich hatte große Lust, mich sofort von all den Männern hinter den Bäumen nehmen zu lassen.

Doch genau in diesem Augenblick sprang hinter einem dicken Baum der Wolf hervor.

»Wohin des Wegs, schönes Kind?«, fragte er und sah gierig auf meinen Weidenkorb. Im ersten Moment wusste ich nicht, was ich sagen sollte, denn ich wollte laut auflachen. Sein Kostüm sah zum Schreien aus! Doch ich beherrschte mich und trat verlegen von einem Fuß auf den andern.

»Zu meiner kranken Großmutter, um ihr Kuchen und Wein zu bringen«, antwortete ich artig und strich meine Schürze glatt.

Der Wolf sah mich listig an und machte mit der Pfote eine ausladende Bewegung. »Willst du ihr nicht ein paar Blumen mitbringen? Sie würde sich sicherlich darüber freuen.«

Mit gespielter Überraschung bewunderte ich all das Unkraut, das aus dem feuchten Waldboden wuchs.

»Das ist ein gute Idee!«, lobte ich das graue Tier und ging in die Hocke, um ein paar dieser Stängel auszureißen. Natürlich achtete ich sehr darauf, dass meine Knie durchgedrückt waren und die Voyeure einen ersten Blick auf meine Pussy erhaschen konnten. Auch der Wolf sah mir gierig zwischen die Beine und zeigte noch auf eine Stelle hinter mir, an der auch schöne Blumen wuchsen. Lächelnd drehte ich mich um und präsentierte auch den Voyeuren hinter den Bäumen auf der anderen Seite meine Pussy. Die Sonne schien mir ins Gesicht und ich ging davon aus, dass meine weit offenstehende Muschi glänzte; feucht genug dafür war sie.

Als ich genügend Blumen gepflückt hatte, legte ich sie in den Weidenkorb. Dann hüpfte ich gut gelaunt zum Haus der Großmutter und sah die Tür weit offen stehen. Vorsichtig trat ich ein und fand die alte Dame im Bett liegend vor. Die Vorhänge waren offen und der Raum vom Sonnenlicht hell durchflutet.

»Hallo, liebe Großmutter«, flötete ich, »ich habe dir Kuchen und Wein mitgebracht, damit du schneller gesund wirst. Und ein paar Blümchen habe ich auch für dich gepflückt. Aber jetzt sag mir doch, warum du so große Augen hast!«

Die dicke Brille glänzte im Sonnenlicht. »Damit ich dich besser sehen kann!«

»Und warum hast du so große Hände?«

»Damit ich dich besser fingern kann!«

Er schlug die Decke zurück und präsentierte seinen dicken Riemen, der bereits aufrecht durch ein Loch aus dem grauen Kostüm ragte.

»Und warum hast du so einen großen Schwanz?«

»Damit ich dich besser ficken kann!«, rief er aus und sprang mit einem Satz aus dem Bett. Er packte mich an den Schultern und drängte mich auf die Matratze. Mit seinen grauen Pfoten riss er die Knöpfe meiner Dirndlbluse ab und legte meine Brüste frei. Gierig leckte er mit der Plastikzunge über meine Knospen, die sich ihm hellrosa und steif entgegenstreckten. Es war ein eigenartiges, aber auch sehr geiles Gefühl, diesen Wolf über mir zu haben, dessen weißer Schwanz wie ein Schwert aus dem grauen Unterbauch ragte.

Mit einer einzigen Handbewegung warf er den Rock meines Dirndls und meine Beine hoch, sodass ich ihm meine blanke Muschi präsentierte. Beinahe im selben Augenblick stieß er mir auch schon seinen Harten tief hinein und fickte mich

153

keuchend. Das Bett ächzte und quietschte, knarrte und wa-ckelte im Takt seiner Bewegungen.

Meine Spalte war ohnehin schon lange nass und gierte nach seinem Schwanz und Befriedigung. Kraftvoll stieß ich mein Becken gegen das seine, um jeden Millimeter seines Lustkolbens in mir zu spüren. Während die erste heiße Welle aus meinem Bauch heraus über den gesamten Körper schwappte, nahm ich im Augenwinkel eine Bewegung wahr. Hinter dem Fenster bewegte sich etwas und als ich genauer hinsah, entdeckte ich zwei der Spanner, die uns mit gierigen Augen zusahen. Ich stellte mir vor, wie sie sich vor der Hütte die Schwänze wundrieben und ein aufmerksamer Beobachter schon von weitem sehen konnte, wie geil sie sich an ihren Riemen zu schaffen machten.

Als ich aus dem anderen Fenster sah, entdeckte ich ebenfalls zwei Spanner und genauso blickten mir zwei aus dem dritten Fenster entgegen. Dass wir von allen Seiten beobachtet wurden, machte mich extrascharf, aber als ich kurz vor der Explosion war, ergoss sich der Wolf in mich und alles war vorbei.

Ich versuchte, ihn mit harten Stößen zum Weitermachen zu animieren, doch er bewegte sich nicht mehr. Kraftlos lag er auf mir und keuchte. Offensichtlich hatte ihn dieses Spiel zu sehr aufgeregt. Dennoch konnte ich nicht akzeptieren, dass es schon vorbei sein sollte. Auch meine Muschi juckte und zuckte noch, sie wollte befriedigt werden.

Vorsichtig rollte ich ihn von mir und sah zum rechten Fen-ster. Mit einer einladenden Handbewegung forderte ich die beiden Männer auf, zu mir in die Hütte zu kommen.

Im Nu standen sie mit steifen Kolben an meinem Bett und starrten auf meine offene, frisch gefickte Lustspalte, aus der sich Dominiks Saft träge seinen Weg in die Poritze bahnte.

»Wer von euch beiden hat Lust, mich zu befriedigen?«, fragte ich ungeduldig.

Sie sahen einander fragend an und ließen mich gleichzeitig wissen, dass sie mich beide haben wollten. Dominik rappelte sich neben mir umständlich hoch und regte an, dass sie mich doch gleichzeitig nehmen könnten.

»Aber nur, wenn du nackt bist«, fügte er hinzu und zog an meiner Schürze.

Rasch legten die beiden Spanner ihre Kleidung ab. Dominik stieg aus dem Bett und machte einem der beiden Platz, der sich sofort auf den Rücken legte und mich auf seinen steinharten Riemen zog. Dominik drängte mich in die hockende Position und drückte meinen Oberkörper so weit nach vorn, dass meine Nippel die Brust des Mannes unter mir berührten.

Dann schob er den zweiten Mann hinter mich, packte seinen Schwanz und setzte ihn mir an die Rosette. Mit sanftem Druck versuchte er, in mich einzudringen. Mein Hintereingang öffnete sich willig und nahm die dicke Eichel erstaunlich leicht auf. Ein angenehmer Schauer bahnte sich seinen Weg von dieser Region über den Rücken bis hinauf zu den Haaren und ließ meine Kopfhaut prickeln. Ich spürte die beiden Schwänze in mir, ganz dicht aufeinander und war mir sicher, dass die beiden Männer einander auch spüren konnten. Sie rieben praktisch Schwanz an Schwanz, nur durch eine feine Membran voneinander getrennt.

Es fühlte sich restlos geil an und ich wollte jetzt nichts, als so richtig hart genommen zu werden. Die Bewegungen der beiden Männer waren mir zu zaghaft, zu zurückhaltend. Ich brauchte es jetzt wirklich hart und tief, geil und schnell.

Vorsichtig begann ich, mich nach vorn zu schieben, dann wieder zurück. Ja, es war absolut geil und ich begann mit einem heftigen Ritt. Rasch fand ich den passenden Rhythmus, verlor mich darin und spürte, wie die ersten heißen Wogen heranrollten.

Doch immer dann, wenn ich kurz vor dem Kommen war, glitt einer der beiden aus mir und vermieste mir den Orgasmus. Deshalb hielt ich jetzt still und ließ mich von ihnen stoßen.

Der Mann hinter mir hatte mich am Becken gepackt und stieß mit aller Kraft zu. Jener unter mir hatte seine Beine aufgestellt und hämmerte mit seinem kurzen, dicken Schwanz wie ein Presslufthammer in mich hinein. Sie fickten nun so hart, dass ich die Welt rund um mich vergaß und nur noch die beiden Männer in mir spürte. Kurz darauf kniete ich zuckend und stöhnend zwischen den beiden, die mich auch noch während meines Orgasmus weiterfickten. Sie pumpten so lange in mich hinein, bis sie sich beinahe gleichzeitig mit verhaltenem Stöhnen in mich ergossen.

Durch den fortgesetzten Ritt während des Höhepunktes war mein Appetit erneut aufgeflammt und ich scheuchte die beiden aus dem Bett, um zwei weitere Voyeure heranzuwinken. Dann holte ich noch die letzten drei Spanner ins Zimmer und ließ sie rund ums Bett Stellung beziehen.

Stolz präsentierte ich ihnen meinen gedehnten Hintereingang und meine nasse, pulsierende Pussy. Aufreizend drehte ich mich in alle Richtungen und spreizte meine Backen. Genüsslich umkreiste ich mit den Fingern den noch immer geweiteten Hintereingang, holte aus meiner nassen Spalte Muschisaft und verteilte ihn auf meiner Rosette.

Die Männer traten gierig näher ans Bett heran, um besser sehen zu können und sich den absoluten Kick zu holen. Dabei wichsten sie ihre Schwänze und kneteten die Hoden. Amüsiert sah ich über meine Schultern und auch zwischen meinen Beinen durch. Es war ein absolut geiler Anblick und ich wurde davon noch schärfer.

Außerdem fand ich an der Präsentation Gefallen. Ich kniete aufrecht im Bett und liebkoste meine Brüste, streichelte meinen

Körper und holte mir Muschisaft aus meiner geschwollenen Pussy, den ich genüsslich von den Fingern leckte, während ich den Spannern lasziv in die Augen blickte. Sie rieben immer heftiger und ich hatte Angst, sie würden bald abspritzen und die Magie des Moments zerstören.

Deshalb fragte ich mit rauchiger Stimme, ob denn jemand bisexuell sei. Zwei Männer nickten verhalten und sahen sich in der Runde um.

»Dann kommt doch mal zu mir, ihr beiden Hübschen«, forderte ich sie auf und spielte weiterhin mit meiner Pussy.

Gehorsam traten sie ans Bett und ich stellte sie einander gegenüber.

»Jetzt lasst mich sehen, wie ein Mann den Schwanz eines anderen wichst«, sagte ich und fuhr mir aufreizend mit der Zunge über die Lippen.

Zögernd griffen sie nach dem Ständer des jeweils anderen und fingen an, ihn zu wichsen. Anfänglich standen sie sich steif gegenüber und wagten nicht, ihre Augen auf den anderen zu richten. Doch schon nach kurzer Zeit wurden sie lockerer und beschäftigten sich voll Hingabe mit dem fremden Schwanz.

Der Ältere der beiden kniete sich plötzlich nieder, sah dem Stehenden in die Augen und öffnete langsam seinen Mund. Er formte ihn zu einem einladenden »O« und wartete. Der Stehende packte den Knienden am Kopf und stieß blitzschnell in ihn hinein. Ohne Hemmungen fickte er nun in den Mund des Mannes, beugte sich leicht nach hinten und stieß in schnellem Rhythmus zu.

Als er kurz vor dem Höhepunkt stand, sah er auf seinen fickenden Schwanz und stieß ihn weiter in den Mund des anderen. Dieser begann zu würgen und wollte seinen Kopf nach hinten schieben, doch der Ficker hielt ihn fest. Immer heftiger und immer tiefer fickte er in den Mann, bis er sich schreiend aufbäumte und seinen spritzenden Riemen aus dem Mund des Knienden zog. Mit einem tiefen Röhren und zuckendem Becken entlud sich sein Lustsaft im Gesicht des anderen. Dieser öffnete weit den Mund und nahm einen Großteil des weißen Saftes auf. Der Rest lief ihm übers Gesicht und tropfte von seinem glatt rasierten Kinn.

Der kniende Mann schluckte heftig und ließ die Hände hinter seinem Rücken verschränkt. Es sah so aus, als würde er die heiße Ladung, die er vor all den Anwesenden zu schlucken hatte, genießen.

Nach einigen Augenblicken zog der Stehende seinen Schwengel zurück und ließ ihn sich sauberlecken. Er tätschelte den Lecker, hauchte ihm ein »Das hast du gut gemacht!« zu und ging mit seiner Kleidung zur Tür hinaus.

Der ältere Mann kniete auf dem Boden und sah beschämt auf die Spermalake, die er aus seinem eigenen Schwanz gespritzt war.

Einige der Spanner hatten aufgehört, ihre Latten zu bearbeiten, denn sie schienen kurz vor dem Höhepunkt zu stehen. Einer von ihnen ging langsam auf den noch immer am Boden knienden Mann zu, nahm seinen Kopf in die Hand und schob ihm vorsichtig seine Latte in den Mund.

Wie es der Mann bereits zuvor getan hatte, begann er, ihn heftig zu ficken, bis auch er sich in ihn ergoss. Er ließ sich sauberlecken und verschwand mit hochrotem Kopf. Er war wirklich mutig und verdiente meinen Respekt.

Gespannt warteten wir, ob sich noch jemand oral befriedigen lassen würde, doch die anderen Spanner zeigten daran keinerlei Interesse.

Dominik haderte ganz offensichtlich mit sich, brachte es aber letztendlich nicht übers Herz, sich dem Mann hinzugeben.

Er hatte mittlerweile sein Kostüm abgelegt und stand nackt

neben dem Bett. Um wieder Schwung in den Nachmittag zu bringen, forderte er einen der Spanner auf, mich aus dem Bett zu holen. Es war ein großer, gut trainierter Mann mit viel Kraft, der mich mit Leichtigkeit von der Matratze hob. Er stellte mich allerdings nicht auf den Boden, sondern platzierte mich so, dass er mich direkt auf seinen Schwanz schieben konnte. Ich verschränkte die Arme hinter seinem Nacken und hielt mich fest. Meine Beine schlang ich um seine Hüften und genoss das Eindringen seiner Rute in meine gierige Pussy.

Gleich darauf spürte ich, dass jemand von hinten an mich herangetreten war und versuchte, mir seinen Knüppel in den Hintereingang zu schieben. Er hielt mich an den Hüften fest und drängte sich in mich. Mit einem geilen Seufzer ließ ich die beiden wissen, dass ich nun für den Sandwichritt bereit war.

Die beiden Männer pumpten in mich hinein und nahmen mir beinahe die Luft zum Atmen. Sie krallten sich an mir fest, stießen in mich, fickten, rammelten und drangen bis zum An-schlag ein. Mir wurde schwindelig und ich keuchte zwischen unregelmäßigen Stößen. Ich hatte keine Ahnung, wie lange sie mich rannahmen, aber es schien eine Ewigkeit zu dauern, bis ich in einem Höhepunkt zu explodieren drohte. Mein Herz hämmerte im Stakkato gegen meine Brust, der Atem setzte aus und ich hatte das Gefühl, als würden wir in heißem Öl baden. Ein feuriger Schauer nach dem anderen jagte durch meinen Körper und schien nicht enden zu wollen.

Doch irgendwann hing sich schlaff zwischen den beiden schweißbedeckten Körpern und war nicht mehr fähig, auch nur einen einzig klaren Gedanken zu fassen.

***

Wie ich ins Bett gekommen war, wusste ich nicht. Dass ich knapp zwei Stunden geschlafen hatte, erzählte mir Dominik, der bei mir geblieben war und über mich gewacht hatte. Die anderen Männer waren weg. Nur noch ein paar dunkle Flecken auf dem alten Holzboden zeugten von ihrer Anwesenheit und Geilheit.

Dominik erzählte mir, dass sich die Voyeure beim Sandwichfick beinahe die Schwänze wund gerieben hatten. Sie hatten alle fast gleichzeitig abgespritzt und sich in orgiastischen Zuckungen gewunden. So, wie Dominik es mir schilderte, musste es ein herrlicher Anblick gewesen sein. Einerseits tat es mir leid, diese Szene nicht gesehen zu haben, andererseits hatten mir all diese Männer einen Orgasmus beschert, wie ich ihn noch nie erlebt hatte.

Als ich aufstehen wollte, spürte ich jeden einzelnen Knochen im Leib und ich war noch immer völlig ausgelaugt und müde, weshalb ich Dominik bat, mich nach Hause zu bringen. Ich versprach ihm, beim nächsten Treffen mit ihm ausführlich über dieses Event zu sprechen. Er murmelte etwas von einer Überraschung, die ich dann erleben würde, aber ich war viel zu müde und vor allem viel zu befriedigt, um neugierig sein zu können.

Er führte mich an der Hand durch den Wald, setzte mich ins Auto und brachte mich zu Hause ins Bett. Allein hätte ich wahrscheinlich den Weg nicht gefunden.

Kaum hatte er mich zugedeckt, war ich auch schon eingeschlafen. Das Geräusch der sich hinter ihm schließenden Tür hörte ich nicht mehr. Und auch nicht das Telefon, das rund eine Stunde später ein paar Mal läutete. Es war Mia, die wissen wollte, ob ich mit ihr in eine Bar gehen wollte. Die drei Nachrichten, die sie mir auf dem Anrufbeantworter hinterließ, hörte ich erst am darauffolgenden Morgen ab, als ich wieder erfrischt, energiegeladen und mit Lust auf neue Schandtaten aufwachte.

***

Ich fühlte mich herrlich erholt, doch mein Schritt fühlte sich wund an. Vorsichtig spreizte ich meine Beine und tastete vom Schamhügel bis hinunter zur Rosette. Alles war heiß, rot und geschwollen. In meinem Adrenalinrausch hatte ich keine Schmerzen gefühlt und ich glaube, auch die Männer in ihrer Ekstase waren nicht mehr Herr ihrer Sinne gewesen. Sie hatten mich in ihrer Gier hart genommen und nicht darauf geachtet, ob sie mich wundfickten.

Langsam krabbelte ich aus dem Bett und holte mir eine Wundsalbe, die ich großzügig im Schritt verteilte. Dann nahm ich noch einen Eisbeutel aus der Tiefkühltruhe und steckte ihn mir wie eine Windel zwischen die Beine. Mit einem großen Glas Eistee und einer Banane legte ich mich auf die Couch und sah fern. Ehe ich wieder an Aktivitäten denken konnte, musste erst mein Schritt fit sein. In diesem Moment bekam der Spruch »Alles fit im Schritt« für mich eine völlig neue Bedeutung ...

***

Die nächsten vier Tage bewegte ich mich nur langsam durch das Büro und wenn ich zu Hause war, legte ich mich sofort aufs Sofa.

Dominik rief mich seit diesem Event täglich an. Er hatte einen Traum erfüllt bekommen, den er seit Jahren gehegt hatte und war von meiner offenen Einstellung völlig hingerissen. Zeitweise hatte ich das Gefühl, als hätte er sich an diesem Nachmittag unsterblich in mich verliebt. Obwohl er mir eine völlig neue Welt gezeigt hatte, konnte ich mir eine Beziehung mit ihm nicht vorstellen – zumindest nicht zu diesem Zeitpunkt. Ich wollte noch frei sein und mein Singleleben genießen. Außerdem war mir nicht daran gelegen, seinen Kindern den Vater rauben. Deshalb beschloss ich, ihn auf emotionaler Distanz zu halten.

***

Nach der Spanischstunde am Freitagabend trank ich mit Mia einen Cocktail in der Bar um die Ecke. Sie erzählte mir von den immer freizügigeren Sexspielchen mit Evan, dem sie seit seinem Event mit Chantal, der Sexpuppe, völlig ungehemmt entgegentreten konnte. All ihre Scheu und Rücksichtnahme waren verflogen. Sie hatte auch schon zwei Mal heimlich die Teddy-Kamera mitlaufen lassen, als sie miteinander spielten.

Sofort bat ich sie, mir die beiden Filme zu kopieren und war gleichzeitig überrascht, dass mich das Sexleben einer Freundin in dieser doch sehr intimen Form interessierte. Ich sog im Moment alles auf, das auch nur annähernd mit Sex zu tun hatte. Langsam kam mir der Verdacht, dass ich sexsüchtig sein könnte. Aber ich beruhigte mich selbst, denn eine Sexsüchtige musste nicht ausgefallene Spiele haben, sondern nur extrem viel Sex. Und ich konnte auch ein paar Tage ohne ihn auskommen. Auf Grund dieser Überlegung ging ich davon aus, nicht sexsüchtig zu sein und ganz locker so weitermachen zu können. Eine Therapie oder Abstinenz waren wirklich nicht nötig.

Mia versprach, die beiden DVDs zu kopieren und erzählte mir von ihrem letzten Spiel vor zwei Tagen. Es war ein Doktorspiel gewesen und ich musste zugeben, dass ich allein schon beim Zuhören ganz kribbelig wurde. Bereits nach ein paar Minuten fing ich an, unruhig auf dem Barhocker herumzurutschen und mich verstohlen nach einem potenziellen Sexpartner im Lokal umzusehen.

Mia bemerkte meine Unruhe und sprach mich darauf an. Sie meinte, dass ich nicht mit jedem x-beliebigen vögeln könnte, der mir über den Weg lief. Ich konnte ihr aber nicht versprechen, in Zukunft nur monogam zu leben. Im Moment waren der Spaß und das Lotterleben genau das Richtige für mich.

***

Gegen Mitternacht verließen wir die Bar und ich ging allein nach Hause. Mias Rat war zwar nicht verkehrt, aber ich ging davon aus, dass ich ohnehin in Kürze wieder eine Beziehung haben würde und ich mich besser jetzt austoben sollte.

Als ich im Bett lag, rief ich mir das Doktorspiel in Erinnerung, von dem Mia mir erzählt hatte. Ich schloss meine Augen und stellte mir vor, wie ich es mit Dominik spielte.

Wir waren in einer richtigen Praxis, ich hatte einen weißen Kittel an und untersuchte meinen Patienten. Dafür standen verschiedene Geräte zur Verfügung, die alle zum Einsatz kamen. Während ich in dieser Vorstellung schwebte, wanderte meine Hand zwischen meine Schenkel. Meine Finger umkreisten sanft meine Lustperle und schon nach wenigen Augenblicken durchströmte mich ein befriedigender Orgasmus, der mich gleich danach ins Land der Träume mitnahm.

***

Gleich am nächsten Morgen schickte ich Dominik eine SMS mit der Unterschrift »Marc«. So würde seine Frau nicht misstrauisch werden, falls sie zufällig die Nachricht lesen würde. Nach zwei Stunden rief er zurück und ich fragte ihn, ob er sich auf dieses Doktorspiel einlassen wollte. Erfreut stimmte er zu und erzählte mir, dass er eine Location kannte, die zwar keine Arztpraxis war, aber ein großes Spielzimmer, in dem auch eine Untersuchungsliege stand. Er wollte sie sofort mieten und legte auf.

Keine zwei Minuten später teilte er mir mit, dass er dieses Zimmer für den kommenden Mittwoch um siebzehn Uhr gemietet hätte und gab mir die Adresse bekannt.

Ich freute mich über sein Engagement und suchte sofort in auf dem Dachboden in einer Faschingskiste einen Arztkittel. Ich fand einen und malte mir voller Vorfreude aus, wie unser Treffen aussehen würde ...

18. ARZTBESUCH

Am Mittwoch stellte sich frühmorgens das altbekannte Kribbeln im Bauch ein. Während der Arbeitszeit sah ich immer wieder auf die Uhr und wollte dringend nach Hause. Ich war froh, keinen allzu anspruchsvollen Job auszuüben, denn dort würde ich mir ein solches Verhalten niemals erlauben können.

Allerdings war auch die Bezahlung genauso mittelmäßig wie der Job. Zwar hatte ich schon darüber nachgedacht, mir einen interessanteren zu suchen, nahm jedoch derzeit davon Abstand, weil ich mit meinen Gedanken fast ausschließlich bei meinen sexuellen Ausschweifungen war. Und so lange dieser Zustand in meinem Leben vorherrschte, brauchte ich keine neue Herausforderung anpeilen.

***

Als es endlich fünfzehn Uhr war, hatte ich bereits den Computer ausgeschaltet und lief dem Ausgang entgegen. Jetzt wollte ich noch rasch duschen, meinen Arztkittel einpacken und losfahren.

Eine Stunde später war ich geduscht, rasiert und als Ärztin verkleidet. Um mich mit dem Raum und dem Inventar etwas vertraut zu machen, war ich eine halbe Stunde früher als vereinbart dort.

Zu meiner Überraschung waren es drei Räume und nicht bloß ein einziger. Neben dem großzügigen Badezimmer mit Mittelabfluss und Panoramadusche gab es noch eine Art Wohnzimmer mit einer Ledercouch und einer Bar, die gut gefüllt war. Im hinteren Teil lag die eigentliche Lusthöhle. Ein eher dunkler Raum, der in rotes Licht getaucht war. Darin befanden sich eine Massageliege, ein Flaschenzug, ein Andreaskreuz, ein Gynstuhl, ein riesiges Bett sowie ein großer Tisch mit unzähligen Toys. Neugierig wanderte ich in der Wohnung umher und sah mir alles genau an. Ich wollte während des Spiels nicht anfangen, nach irgendwelchen Dingen zu suchen.

Die Story war schon in meinem Kopf und sie passte gut in diese Wohnung. Nun musste nur noch mein Patient kommen.

Zwanzig Minuten würde es dauern, bis Dominik eintreffen und unser Spiel beginnen würde. Zeit genug, um ein Glas Sekt zu trinken.

Während ich auf dem Bett den prickelnden Stimmungsheber zelebrierte, sah ich zwei Filmkameras auf Stativen, die in den gegenüberliegenden Ecken des Raumes standen. Freudig überprüfte ich die beiden Kameras und stellte fest, dass sie funktionierten. In einem kleinen Beutel, der an einer Kamera klebte, befanden sich zwei Speicherkarten mit einem Vermerk, dass ich zweiundzwanzig Dollar hinterlassen müsste, würde ich sie mitnehmen. Diese paar Kröten waren mir zwei Filme allemal wert und ich stopfte den Betrag in den Beutel.

Nachdem ich beide Kameras mit den Karten bestückt und sie so ausgerichtet hatte, dass die eine das Bett und die Massageliege und die andere vor allem den Gynstuhl im Visier hatte, flatterte bereits mein Herz. Nur noch zwei Minuten und mein Patient würde an der Tür klingeln. Zur Beruhigung meiner Nerven nahm ich einen großen Schluck Sekt und atmete ein paar Mal tief durch.

Da klingelte es auch schon. Rasch schlüpfte ich aus meinem Mantel. Darunter kam mein Arztkittel zu Tage.

»Guten Tag Mr Tenner«, begrüßte ich ihn formell. »Kommen Sie bitte herein, ich habe auf Sie gewartet.«

Etwas schüchtern trat er ein und nestelte an seinen Auto-schlüsseln herum. Dominik war offensichtlich ebenso nervös wie ich. Wortlos führte ich ihn durch den schmalen Gang in das »Wohnzimmer«.

»Hier können Sie Ihre Sachen ablegen. Ich warte dann im Badezimmer vorn links auf Sie.«

Damit verschwand ich im Bad und ließ ihn allein, damit er durchatmen konnte. Ich drehte den Hahn auf und warmes Wasser lief in die Badewanne.

Als Mr Tenner nackt, mit schützenden Händen vor seinem Genital, im Türrahmen stand, hatte es bereits die richtige Temperatur. Mit einer Geste zeigte ich ihm, dass er sich in die Wanne stellen sollte.

»Das gehört zum Service der Privatpatienten«, flötete ich und lächelte ihn freundlich an. Gleichzeitig ließ ich das warme Wasser über seinen Körper laufen und trug großzügig Dusch-gel auf. Mit viel Schaum auf dem Körper musste er mir den Hintern zudrehen und sich bücken. Genüsslich verteilte ich den Schaum auf seiner Rosette, spielte damit, fasste immer wieder zwischen seinen Beinen hindurch, massierte die Hoden und seinen Schwanz. Als seine Knie leicht zu zittern begannen, wusch ich den Schaum mit viel Wasser ab und bat ihn, mit mir zu kommen.

Ich geleitete ihn in die Lasterhöhle und wies auf den Gyn-stuhl. »Wenn Sie hier bitte Platz nehmen und die Beine in die Schalen legen würden«, forderte ich ihn höflich auf.

Mit rotem Gesicht setzte er sich zwischen die Beinstützen und lehnte sich nach hinten. Zögernd legte er ein Bein nach dem anderen in die Schalen und suchte eine bequeme Position, in der er über einen längeren Zeitraum liegen konnte.

Ich setzte mich auf den fahrbaren Hocker und rollte zwischen seine Beine. Sein dicker Riemen stand aufrecht und zuckte leicht, als ich mit dem Finger ganz sanft die Rosette berührte. So weit gespreizt fühlte er die Berührung sicher ganz anders als damals, als ich ihn über die Kühlerhaube gebeugt, gefingert und geleckt hatte. Es fühlte sich wahrscheinlich viel geiler an und ich leckte mit breiter, feuchter Zunge darüber. Mein Patient seufzte.

»Ich muss ihre Rosette auf Knoten untersuchen und das geht nun mal nicht anders«, erklärte ich ihm und kam mir reichlich dumm dabei vor. Ich ärgerte mich, dass ich mir nicht schon vor dem Spiel ein paar Erklärungen für die eindeutigen Berührungen hatte einfallen lassen. Doch jetzt war es zu spät und ich konzentrierte mich auf den saftigen Po, der mir hier zur freien Verfügung stand.

Zärtlich hielt ich seine Hüften und leckte den Hintereingang. Immer wieder fuhr ich mit der Zunge ein kleines Stück in den nassen Ring und entlockte Dominik ein geiles Stöhnen.

Als ich bemerkte, dass er an seinem Schwanz spielte, stand ich auf und sah ihn streng an. »Aber Mr Tenner!«, fuhr ich ihn entsetzt an, »Sie werden doch hier nicht während der Untersuchung mit ihrem Schwanz spielen! Was fällt Ihnen ein?«

Empört schüttelte ich den Kopf und sah mit Genugtuung, dass er seine Hände sofort wieder hinter dem Kopf verschränkte. Zufrieden setzte ich mich und dachte daran, wie gern ich jetzt seinen Schwanz reiten würde.

Auf dem kleinen Tisch neben dem Gynstuhl lagen Handschuhe, ein kleiner Vibrator, ein Irrigator mit verschiedenen Spülaufsätzen und ein eigens geformter Prostatavibrator. Rasch holte ich warmes Wasser, breitete das Latexlaken unter seinem Po aus und ließ es in den breiten Kübel unter dem Gynstuhl hängen. Dann wählte ich einen Spülaufsatz mit Schlitzen, sodass viel Wasser auf einmal aus dem Irrigator fließen konnte. Vorsichtig führte ich den Spülaufsatz ein, hängte das Irrigatorgefäß an einen

Haken, der von der Decke kam und drehte das Wasser auf. Um keinen Einlauf zu machen, legte ich den Spülaufsatz quer und öffnete damit eine Spalt breit seine Rosette. Nun konnte das Wasser ein wenig in ihn hinein, aber auch gleich wieder nach draußen fließen. Mein Patient stöhne vor Lust und war immer wieder versucht, an seinen Schwanz zu fassen, um ihn zu reiben.

»Es ist ein etwas unangenehm, aber das muss sein«, erklärte ich ihm und lächelte dabei in mich hinein. Um ihn noch mehr zu reizen, forderte ich ihn auf, mich anzusehen. Ich stand auf, öffnete den Kittel und schob die Hälften auseinander, sodass er meine Brüste sehen konnte. Dann griff ich zwischen seine Beine und massierte seinen bereits pochenden Ständer. Aber ich ließ rasch von ihm ab, denn ich hatte Angst, dass er kommen und damit das Spiel vorzeitig beendet sein würde.

Stattdessen zog ich den Spülschlauch, der ohnehin kein Wasser mehr von sich gab, aus seiner Pforte und führte den dünnen Vibrator ein. Vorsichtig dehnte ich sein Loch und drang immer tiefer in ihn ein. Die leichten Fickbewegungen sowie das Vibrieren ließen ihn lustvoll Stöhnen und ständig an seinen Schwanz greifen. Langsam begann er, seinen Po rhythmisch zu bewegen, um den Vibrator noch tiefer in sein Loch zu bekommen. Deshalb zog ich ihn langsam heraus, stellte mich neben seinen Kopf und sah ihn streng an.

»Mr Tenner!«, schimpfte ich empört. »Das hier ist eine Untersuchung und kein Spiel! Es hätte weiß Gott was passieren können, wenn Sie so mit ihrem Knackpo wackeln.«

In dem Moment ließ ich die Gerte auf seine linke Backe klatschen und er zuckte zusammen. »So leid es mir tut, aber ich muss Sie nun bestrafen. Sie können hier nicht tun, was immer Sie wollen.«

Und schon klatschte das kleine Lederdreieck der schwarzen Reitgerte erneut auf seine linke Backe. Ich sah ein leises Lächeln in Dominiks Gesicht und schlug deshalb noch ein paar Mal zu. Aus dem Lächeln wurde ein Jammern, während sich seine Haut leicht rot färbte.

»Bitte hören Sie auf, Doktor!«, rief er. »Ich werde es auch nicht wieder tun!«

Doch ich ignorierte seine Bitte und schlug weiter zu. Das Geräusch des Leders auf nackter Haut sowie sein Flehen hatten mich jetzt so richtig angeheizt. Auch der Anblick der rötlichen Hautstelle machte mich scharf. Ich schlug also noch ein paar Mal zu und fühlte dann die Hitze, die von der Rötung ausging.

Um Dominik zu besänftigen streichelte ich die Stelle und küsste sie. Dazu bohrte ich gierig einen Finger in seinen Hintereingang und rieb kurz mit der anderen Hand meinen Kitzler. Ich war geil und wollte einen Orgasmus erleben. Es war mir aber klar, dass er ziemlich schnell abspritzen würde, würde ich mich auf seinen Schwanz setzen.

Deshalb kletterte ich auf den Gynstuhl und setzte mich auf sein Gesicht, sodass er mit der Zunge meine Lustperle lecken konnte.

Mit viel Leidenschaft und Hingabe leckte er meine Lustgrotte, umkreiste meine Perle und massierte sie mit etwas härterem Druck. Zusätzlich ließ ich mein Becken kreisen und bestimmte selbst die Intensität der Reizung. Ich war so geil, dass ich mich innerhalb von einer Minute in einem heftigen Orgasmus verlor. Beinahe wäre ich vom Gynstuhl gekippt, hätte Dominik mich nicht festgehalten.

Keuchend und etwas benommen stieg ich wieder vom Sessel und musste mich kurz auf den Hocker setzen. Meine Muschi war triefnass und schickte noch immer sanfte, kribbelnde Wellen durch meinen erregten Körper. Dieser Orgasmus war zwar heftig, aber er hatte mich noch lange nicht befriedigt. Also konnte das Spiel weitergehen, auch wenn es kein typisches

Rollenspiel mehr war. Dafür hätten wir uns besser vorbereiten müssen; ein Arztkittel und ein Gynstuhl reichten hierfür ganz offensichtlich nicht aus.

Dennoch versuchte ich, die Situation zu retten und ließ mich wieder auf meine Arztrolle ein. »Bitte nicht erschrecken, Mr Tenner«, erklärte ich ihm. »Ich muss ein wenig Eis auf Ihren steifen Penis legen, damit er sich wieder beruhigt. Schließlich wollen wir hier keine Schweinerei veranstalten, sondern eine normale urologische Untersuchung durchführen.« Mit diesen Worten war ich auch schon beim Kühlschrank und holte aus dem Gefrierfach einen Beutel mit Eiswürfeln.

Um ein schnelles Ergebnis zu erzielen, legte ich den Beutel direkt auf die Haut und in Null Komma nichts war die Erektion weg. Dominik wollte zwar kurz aufbegehren, doch ich ließ ihn durch einen strengen Blick wissen, dass dies nicht der rechte Zeitpunkt war. Ergeben legte er sich wieder zurück und versuchte, sich trotz der Eiseskälte zwischen den Beinen zu entspannen.

Die Erektion war schnell weg und sein sonst so prachtvoller Schwanz zu einer mickrigen Made zusammengeschrumpft. Im Moment sah er nicht wirklich anregend aus, aber ich wollte ihm ohnehin wieder Leben einhauchen.

Nachdem ich den Eisbeutel im Gefrierfach verstaut hatte, wärmte ich sein schlaffes Schwänzchen mit dem Mund ein wenig auf. Doch ehe er wieder hart wurde, widmete ich mich erneut seiner Rosette. Ich leckte sie genüsslich und fickte sie mit meiner Zunge. Davon wurde ich so geil, dass ich meine Schenkel spreizte und meine Lustperle mit der Handfläche rieb. Und je mehr ich sie stimulierte, desto tiefer drang ich mit der Zunge in seinen Hintereingang. Er zog sich rhythmisch zusammen und entspannte sich wieder. Sein dicker Riemen zuckte und war mittlerweile dunkelrot geworden. Mein Atem kam stoßweise und mein Herz pochte dumpf gegen die Rippen. Obwohl ich eigentlich vorgehabt hatte, den Vibrator noch einmal einzusetzen, musste ich darauf verzichten.

Energisch schob ich Dominik auf dem Gynstuhl nach oben, sodass sein Becken auf der Liegefläche Platz fand, und kletterte auf ihn. Ohne Vorwarnung steckte ich mir seinen Kolben in die nasse Muschi und ließ mich darauf nieder. Er füllte mich richtig aus und meine Geilheit stieg rapide an. Ich wollte auf einer heißen Welle des Orgasmus dahingleiten und die Welt um mich herum vergessen.

Ich lehnte mich nach hinten, stütze mich mit den Ellenbogen auf den Beinschalen des Gynstuhls ab und stellte die Füße auf die Liegefläche. Nun steckte Dominiks Schwanz schräg in mir und massierte beim Reiten den oberen Teil meiner Lustgrotte. Meine Brüste wippten in dieser Stellung mit und ich hielt jeweils die Zeigefinger so vor die Nippel, dass sie bei jeder Bewegung sanft berührt wurden. Das brachte mich noch mehr in Fahrt als ich ohnehin schon war. Lüstern warf ich den Kopf zurück, um noch mehr Schwung in meine Fickbewegungen bringen zu können. Ich ritt wie von Sinnen und schon bald überschwemmte mich eine lavaheiße Woge, die mich ekstatisch zucken ließ.

Als die Woge verebbt war, öffnete ich langsam die Augen und sah, dass Dominik fasziniert auf meine zuckende Pussy starrte, die sich noch immer rhythmisch um seinen Schaft schloss und öffnete. Sein Brustkorb hob und senkte sich, als wäre er auf der Zielgeraden eines Marathonlaufs. So weit ich das beurteilen konnte, war er noch nicht gekommen und ich nutzte diesen Umstand aus, um ihn im erregten Zustand zu halten.

Rasch kletterte ich von seinem Kolben und vom Stuhl. Obwohl ich noch wackelig auf den Beinen war, holte ich den

Strap-on. Unsicher stieg ich in die Beinöffnungen und führte mir den kleinen Dildo in die noch ziemlich erregte und heiße Grotte ein; sie zog sich sofort wieder lüstern zusammen, als sie den Lustkolben in sich spürte. Jeder Schritt, den ich machte, löste weitere Schauer in mir aus.

Rasch trug ich Gleitgel auf, setze den Dildo an Dominiks Rosette und schob ihn langsam in ihn rein. Sein Hintereingang dehnte sich leicht und ich konnte problemlos immer weiter eindringen.

Dominik stöhnte und hielt zeitweise den Atem an. Seine Hände krallten sich in das Leder der Liegefläche, aber sein Becken ließ er entspannt liegen. Vorsichtig schob ich den Dildo mit meinem Becken bis zum Anschlag in ihn, verharrte kurz und bewegte mich. Der Strap-on glitt mühelos in seine Rosette, sodass ich mutiger wurde und ihn schneller zu ficken begann. Um im Rhythmus bleiben zu können, hielt ich mich an seinen Oberschenkeln fest und fickte ihn so rasant, wie er mich immer fickte.

Der kleine Dildo in meiner Muschi fickte mich zwar nicht, aber er bewegte sich in mir und schickte heiße Schauer durch meinen Körper. Ich wünschte, der Dildo wäre ein Vibrator oder ich hätte mir ein Vibratorei an meinen Lustknopf gepresst. Mein Verlangen nach Befriedigung wurde mit jedem Stoß, den ich machte, größer. Ich fickte schneller und heftiger, bis sich Dominik auf dem Gynstuhl aufbäumte und sein Schwanz wie ein Vulkan heißes Lava in die Luft schleuderte. Er krümmte sich und stieß Laute aus, die ich noch nie zuvor gehört hatte. Eine Ladung Sperma nach der anderen schoss rhythmisch aus ihm und klatschte weit spritzend auf seinen Bauch und seine Brust. Er wand sich, keuchte und stöhnte, bog sich so weit durch, dass der Strap-on aus seiner Hintertür rutschte.

Obwohl ich mir meine Befriedigung dringend herbeisehnte,

sah ich voll Zufriedenheit meinem Lover in seiner Ekstase zu, bis sie langsam schwächer wurde und schließlich ganz verebbte. Mit geschlossenen Augen blieb er kraftlos liegen, atmete schwer.

Ich stieg aus dem Strap-on, nahm den großen Vibrator vom Tisch und ging zum Bett. Dort setzte ich mich auf den surrenden Freund und ritt ihn kurz und heftig. Beinahe sofort explodierte in mir ein gewaltiges Feuer. Zuckend, mit dem laufenden Vibrator in der Muschi, blieb ich auf dem Bett liegen und genoss die gleißende Hitze meines dritten Orgasmus.

Gleich darauf schwang sich Dominik vom Stuhl und legte sich neben mich, um mit mir gemeinsam die heißen Wogen abklingen zu lassen und wieder zu Atem zu kommen.

Nach einigen Minuten waren wir wieder ansprechbar und genehmigten uns ein Glas Sekt, das wir durstig in schnellen Zügen tranken. Dominik schenkte jedem von uns ein halbes Glas nach, hielt sein eigenes jedoch über meine Brüste und ließ die prickelnde Flüssigkeit langsam auf meine Haut tropfen. Die hellen Perlen bahnten sich ihren Weg über die Wölbung und blieben an beiden Nippeln hängen. Mit einem Lächeln beugte er sich nach vorn und leckte die Tropfen genüsslich ab. Ohne meinen Nippeln weitere Beachtung zu schenken, küsste er mich und hauchte mir eine Bitte ins Ohr: »Könnten wir nicht auch noch anderen Sekt genießen?«

Zögernd sah er mich an und schämte sich wohl ein wenig.

»Einen anderen Sekt? Was *ist* mit diesem hier? «, fragte ich irritiert und zeigte auf die Flasche.

»Der ist in Ordnung. Aber ich meine ... den anderen Sekt ... Natursekt.«

»Welchen Natursekt?« Ich wusste noch immer nicht, was er damit meinte und legte meine Stirn in Falten. »Jetzt sag endlich, was du meinst. Ich verstehe dich nicht.« Langsam verlor ich die Geduld und wurde lauter.

Er stieß geräuschvoll die Luft aus seinen Lungen, wandte sich in Richtung Bad und begann tonlos und sehr verhalten zu sprechen. »Natursekt nennt man den Urin von Menschen. Ich hätte gern, dass du mich anpinkelst. Aber natürlich nur, wenn du das auch willst. Sollte es dir nicht gefallen, hören wir sofort auf. Es war nur eine Idee, aber kein Muss. Bitte versteh mich jetzt nicht falsch. Ich bin kein perverser Idiot, aber ich möchte das gern mal erleben.«

Skeptisch zog ich die Augenbrauen hoch.

»Ist das nicht eklig?«, fragte ich naiv.

Mit diesem Thema hatte ich mich nie beschäftigt, aber ich musste zugeben, dass mich die Neugierde gepackt hatte und nicht mehr losließ.

»Nein, überhaupt nicht. Nur am Morgen. Wenn man genug getrunken hat, ist der Natursekt beinahe geschmacksneutral. Aber es hat einen sehr erotischen Touch, wenn man ihn direkt aus der Quelle bekommt. Heiß und golden!« Dominik lächelte bittend.

Auch wenn ich seinen Wunsch etwas abartig fand, so wollte ich ihm diese Bitte nicht abschlagen.

»Na gut«, willigte ich ein. »Wie soll das gehen?«

Dominik strahlte und sein Penis richtete sich in der gleichen Sekunde kerzengerade auf. Wie leicht man doch einem Mann geil machen konnte, dachte ich versonnen.

Dominik nahm mich an die Hand und führte mich ins Badezimmer. Dort legte er sich mit dem Kopf über den Mittelabfluss im Boden und wies mich an, mich direkt über sein Gesicht zu hocken. Er sah mir genüsslich in die weit geöffnete Pussy und leckte sich vor Vorfreude die Lippen. Vorsichtig schob er meine Knie weiter auseinander, sodass er auch freien Blick auf meine Brüste hatte.

Als ich mich für ihn in der perfekten Position befand, flüsterte er mit zitternder Stimme: »Los geht's. Du kannst es fließen lassen.«

Ich sah ihn an und versuchte, ihm ins Gesicht zu pinkeln, doch da kam nichts. Es war, als hätte ich Ladehemmung oder eine leere Blase. Dominik schien dieses Problem zu kennen und stimulierte ganz vorsichtig mit der Fingerkuppe meinen Harnröhrenausgang. Es kitzelte ein wenig, aber es regte mich an, locker zu lassen und innerhalb von nur wenigen Augenblicken prasselte ihm auch schon das nasse Gold ins Gesicht.

Erschrocken presste ich meine Beckenbodenmuskeln zusammen, denn es war mir nun doch peinlich, es einfach laufen zu lassen, noch dazu über seinen Kopf! Ich sah in sein Gesicht und las darin die Zufriedenheit, obwohl er nur wenig von dem goldenen Nass erhalten hatte, die er schon so lange herbeigesehnt hatte.

Erwartungsvoll öffnete er den Mund, streckte die Zunge heraus und wartete auf die nächste Ladung des »Golden Showers«. Ich schloss die Augen und konzentrierte mich darauf, dass Dominik es geil fand. Und schon konnte ich meinen Sekt laufen lassen.

Mein heißes Nass traf direkt auf seine Zunge und ein Teil davon lief in seinen Mund. Obwohl er leicht offen stand, konnte ich seine Verzückung darin sehen. Er lächelte, schluckte immer wieder den hellgelben Saft und ließ ihn über seine Wangen und Augen fließen. Ich konnte dem Ganzen zwar nichts abgewinnen, freute mich jedoch über seinen Genuss.

Dominik leckte sich die letzten goldenen Tropfen von den Lippen, packte mich an den Hüften und schob mich kraftvoll so weit nach unten, bis sich sein Schwanz in meine Pussy bohrte. Noch immer den Geschmack des Sektes genießend, stieß er heftig in mich hinein. Immer wieder fasste er sich an den Kopf, um das kostbare Nass, das sich darin verfangen hatte, mit den Fingern aufzunehmen. Genüsslich leckte er jeden seiner Finger einzeln ab, während er mich hart fickte.

Ich hockte über ihm und hielt reglos meine Pussy in Position. Er stieß seine Rute bis zur Hälfte in mich, zog sie wieder raus, um sofort wieder zuzustoßen. Zwar fehlte mir das Gefühl des völligen Ausgefülltseins, doch es hatte auch etwas sehr Geiles an sich. Sein Schwanz drang kurz ein und war sofort wieder draußen, weshalb die Nervenenden am Eingang meiner Lustgrotte mehr als sonst stimuliert wurden. Anfangs war ein leichtes Kitzeln zu spüren, das sich rasch in geilen Wogen in meinem Becken ausbreitete. Je schneller er seinen Kolben in mich schob, desto mehr sehnte ich einen raschen Höhepunkt herbei. Weil ich nicht ausgefüllt war, kam ich einem Höhepunkt zwar nahe, aber ich erreichte ihn nicht. Es war ein Tanz am Rande des Vulkans, der in mir brodelte, aber nicht ausbrechen konnte.

Um seinen Riemen besser spüren zu können, spannte ich meine Muskeln in der Lusthöhle an, doch auch dadurch kam ich nicht zum heiß ersehnten Orgasmus.

Als ich es nicht mehr ertragen konnte, griff ich zwischen meine weit gespreizten Beine und berührte die Lustperle, die sich dick geschwollen und äußerst empfindlich präsentierte. Ich legte meinen Finger darauf, spürte die Nässe, die sie umgab, die Hitze, die von ihr ausging, und drückte sie sanft. Gleich darauf begann ich, gierig damit zu spielen, doch Dominik schob meine Hand sanft weg.

Etwas enttäuscht und geil umfasste ich mit beiden Händen meine Knöchel, damit ich mir nicht ein weiteres Mal an die Spalte griff. Aber es war nicht leicht. Es fühlte sich so an, als wollte meine Möse Dominiks Rute in sich hineinsaugen und nie mehr hergeben. Langsam brach mir der Schweiß aus und eine Hitzewelle nach der anderen lief über meinen Körper.

Meine Schenkel zitterten und ich wusste, ich würde mich auf seinen Schwengel fallen lassen müssen, um ihn ganz tief in mir zu spüren und dabei einen Höhepunkt erleben.

Doch beinahe im selben Moment zog er seinen Schwanz mit der Hand ein wenig zurück und zielte damit direkt auf meine heiße Lustperle. Gleich darauf traf sie ein harter Strahl seines klaren Natursekts und bescherte mir eine Explosion, wie ich sie noch nie erlebt hatte.

Der Strahl war weich und hart zugleich, sah mehr als nur geil aus und traf mich genau im Zentrum der Lust.

Ich schnappte nach Luft und musste mich an seinen Oberschenkeln abstützen, um nicht nach hinten zu fallen. Mir schwand jegliches Gefühl für den Raum und ich schloss meine Augen, driftete weg in eine Dunkelheit, in der Millionen von Sternen explodierten. Schwerelos schwebte ich durchs Weltall und vergaß die Welt.

Wann sein Strahl versiegte, wusste ich nicht. Irgendwann fand ich mich in seinen Armen wieder und keuchte noch immer. Er hatte sich aufgesetzt und mich wieder auf seinen Schoß gezogen. Seine natursektnasse Latte steckte in mir, aber sie war schon etwas weich. Er lächelte, strich mir die Haare aus den Augen und küsste zärtlich meine Stirn.

***

Nachdem wir ausgiebig geduscht und die Haare gewaschen hatten, genossen wir den Rest des Sektes aus der Flasche und knabberten ein paar Nüsse dazu. Wir lagen auf dem großen Bett und sprachen wenig. Die vielen intensiven Eindrücke lagen noch auf uns, die wir durch eine Konversation nicht zerstören wollten.

Nach rund einer halben Stunde war es Zeit zu gehen. Wir holten die Speicherkarten aus den beiden Filmkameras und bedauerten, dass im Bad nicht auch eine gestanden hatte. Mit der Gewissheit, wieder zurückkommen und filmen zu können, verließen wir die Lasterhöhle. Den Schlüssel legten wir wie vereinbart in den Minisafe und zogen die Tür hinter uns zu.

Ich nahm die Speicherkarten an mich und versprach, ihm die beiden Filme via Internet zu schicken. Seiner Frau wegen konnte er keine Duplikate als DVD haben.

Wie im Kindergarten, dachte ich, hielt mich jedoch mit einer Äußerung zurück. Es war weiterhin sein Leben und nicht das Meine. Er musste wissen, wie lange er sich noch gefangen halten ließ.

***

Am gleichen Abend lud ich die beiden Filme auf meinen Computer und brachte sie ins richtige Format, um sie zu verschicken. Als ich Dominiks Filme versandt hatte, lud ich sie ein zweites Mal in einer Mail hoch und schickte sie kommentarlos an Mia. Ich war mir sicher, dass sie sich darüber freuen würde.

Und richtig! Schon am nächsten Morgen rief sie aufgeregt an und bedankte sich überschwänglich für das große Vertrauen, das ich in sie gesetzt hatte. Sie ließ mich auch wissen, dass die Filme so anregend waren, dass sie nur bis zur Hälfte gekommen war. Dann musste sie Evan verführen.

Ihr Mann saß gerade auf der Couch und las. Wortlos, so erzählte sie, öffnete sie seine Jeans und holte seinen Lustkolben heraus. Sie kniete sich vor ihn und blies ihn hoch. Dann hob sie ihren Minirock an, ließ sich auf seinem Gemächt nieder, schloss die Augen, stütze sich an seinen Schultern ab und ritt ihn in wildem Tempo. Sie war so geil, dass sie bereits nach kurzer Zeit zuckend und wimmernd auf ihm saß.

Als sie wieder Herrin ihrer Sinne war, gab sie ihm einen Kuss auf den Mund, stieg von ihm ab, richtete ihren Rock und rannte die Stufen in ihr Arbeitszimmer hinauf, ohne sich umzudrehen. Sie spürte, wie er ihr nachsah und konnte sich sein erstauntes Gesicht richtiggehend vorstellen. Zum ersten Mal hatte sie ihn als Lustobjekt benutzt und missbraucht. Sie hatte auf ihn keine Rücksicht genommen und es war verdammt geil, wie sie mir nachdrücklich versicherte.

Ich kicherte wie ein kleines Schulmädchen und fand meine Freundin spitze. Leider konnte ich wegen meiner Kolleginnen nicht viel dazu sagen, aber sie hörte ohnehin, dass ich mich für sie freute. Dann klingelte mein Firmentelefon und ich musste das Gespräch mit Mia unterbrechen.

Als ich das geschäftliche Gespräch beendet und mir einige Notizen gemacht hatte, fragte ich mich, weshalb Mia aus Evan nicht einen Lustsklaven machte. Einfach nur so zum Spaß und nicht als Inhalt ihrer Beziehung. Ich nahm mir vor, mich so bald wie möglich mit ihr darüber zu unterhalten.

19. NATURSEKT

Als ich in die Firmenküche ging, um mir Tee zu kochen, musste ich an das Natursektspiel denken. Der Tee glitzerte golden im Glas und fühlte sich warm an. Gedankenverloren lehnte ich mich an die Arbeitsplatte und nippte daran. Er schmeckte nach Kamille. Ich hielt das Glas gegen die Sonne, die ihre Strahlen durch das Fenster schickte und fragte mich, wie Natursekt wohl schmecken würde. Am Vortag hatte ich die Chance gehabt, diesen Geschmack kennenzulernen, hatte sie aber nicht wahrgenommen. Leichter Groll kam in mir auf und ich begab mich wieder an meinen Schreibtisch. Dort schrieb ich eine Mail.

Liebster Dominik,

ich konnte dir noch gar nicht sagen, wie geil mich die NS-Spiele gestern gemacht haben. Anfangs war ich skeptisch gewesen und sicher auch ein wenig verängstigt. Doch jetzt, etliche Stunden danach, bin ich neugierig geworden. Ich hätte den NS auch kosten sollen! Nur ein kleines Bisschen vielleicht, dann würde ich auch wissen, wie er schmeckt.

Natürlich wäre es ein Leichtes, am WC meinen eigenen zu kosten, aber das wäre nicht dasselbe. Wahrscheinlich schmeckt er auch anders, wenn er aus Lust gespendet und nicht aus einer Notwendigkeit heraus losgelassen wird.

Ich war einfach unvorbereitet und konnte mit deiner Bitte nicht wirklich umgehen. Aber je mehr ich darüber nachdenke, desto mehr ärgere ich mich, dass ich mich nicht auf die Situation eingelassen hatte. Vermutlich habe ich dir auch ziemlich viel Spaß an dem Spiel genommen, weil ich mich so steif verhalten habe.

Wenn du möchtest, können wir das Ganze bei Gelegenheit wiederholen. Dann werde ich mich richtig fallen lassen.

Was meinst du dazu?

:-X

Diese Mail war zwar etwas gewagt und sehr offen, aber ich schickte sie weg, ohne sie noch einmal durchzulesen. Vermutlich hatte ich Angst vor meiner eigenen Courage, die ich in dieser Mail bewiesen hatte. Auch wenn ich zu Dominik großes Vertrauen hatte, so war es doch nicht ganz einfach, über meine sexuellen Wünsche zu sprechen. Bis vor kurzem hatte ich nie die Gelegenheit dazu gehabt. Jetzt kam ich mir irgendwie pervers vor, fühlte mich nicht wohl.

Da ich aber noch im Büro war, konzentrierte ich mich auf meine Arbeit und fühlte mich rasch wieder besser. Aber der hellgelbe Tee im Glas vor meinen Augen holte mich gedanklich immer wieder zum Vortag zurück.

Bevor ich nach Hause ging, checkte ich noch meine privaten Mails und hoffte, eine Antwort von Dominik erhalten zu haben. Doch mein Posteingang war leer. Sofort beschlichen mich dunkle Ängste. Ich stellte mir vor, dass er mich als völlig pervers ansehen und mich verachten würde.

Mein eigenes Gegenargument war allerdings, dass er mit diesem Wunsch an *mich* herangetreten war und er mich überhaupt erst auf diese Idee gebracht hatte. Also würde er ganz sicher nicht schlecht von mir denken. Dennoch verließ ich das Büro mit flauem Magen und rief noch vom Auto aus Mia an.

Meine Freundin war gerade auf dem Nachhauseweg und schlug vor, mich im Park zu treffen. Wir kauften dem netten

Chinesen an seinem fahrbaren Stand gebratene Nudeln und Lycheesaft ab, suchten uns eine Bank direkt am Ententeich und genossen das Essen ebenso wie die wärmenden Sonnenstrahlen.

Nachdem wir uns die Finger nach dem fantastischen Essen geleckt hatten, lehnten wir uns zurück und ich erzählte Mia von der Mail an Dominik und meinen Ängsten. Ohne zu zögern warf sie ein, dass immerhin er derjenige gewesen war, der dieses Thema aufgebracht hatte und er mich ganz sicher nicht als pervers oder abartig ansehen würde.

»Ich denke, es ist eher das Gegenteil«, meinte sie. »Er wird stolz darauf sein, dich als Freundin zu haben. Eben weil du so aufgeschlossen bist und auch deine Wünsche äußerst. Dazu gehört Mut. Ich hätte ihn auch gern.«

Fragend sah ich sie an. »Meinst du das ernst?«

»Aber natürlich!«, sagte sie und fiel mir um den Hals. »War ich denn schon jemals unehrlich zu dir? Und jetzt hör auf, dir Gedanken zu machen. Ich glaube, dass du Dominik die perversesten Spiele vorschlagen könntest und er würde dich immer mehr vergöttern. Er vergöttert dich ohnehin schon mehr als mir lieb ist. Bald werde ich auf ihn eifersüchtig.«

Ich war beruhigt, denn sie hatte recht. Sofort verbannte ich dieses Thema mitsamt seinen Ängsten aus meinem Kopf. Wir sprachen über die beiden Filme, über die Lasterhöhle, in der wir waren und über den Spanischkurs, den wir leider viel zu locker nahmen. Wir waren uns bewusst, dass wir weit hinter der übrigen Klasse her hinkten, aber im Moment war zumindest mir das sexuelle Erleben und Entdecken wichtiger.

Zwei Stunden später verließen wir den Park und fuhren nach Hause. Trotz all der beruhigenden Worte Mias war ich dennoch gespannt, ob Dominik geschrieben hatte – und vor allem, was.

Zu Hause angekommen warf ich meine Tasche auf das Sofa und schaltete den Computer ein. Als Erstes checkte ich meine Mailbox und fand darin eine Mail von Dominik. Mit klopfendem Herzen öffnete ich sie und begann nervös zu lesen:

Hallo meine Geliebte!

Vielen Dank für deine Mail und vor allem, für deine Offenheit. Ich hatte schon Bedenken, dass du mich nach der NS-Geschichte für abartig erklären würdest und mich nicht mehr sehen willst. Jetzt bin ich sehr erleichtert.

Ich habe dir im Attachment eine Geschichte geschrieben. Es ist eine Fantasie von mir, die ich schon lange in mir trage, aber noch nie den Mut hatte, jemandem davon zu erzählen. Ich möchte dich bitten, sie jetzt sofort zu lesen, noch ehe du meine Mail zu Ende liest.

Obwohl ich sehr neugierig war, was er mir noch mitteilen wollte, kam ich seiner Bitte nach und öffnete das Attachment. Gespannt begann ich zu lesen:

Wir kommen in ein großes Badezimmer mit einem Mittel-abfluss. Ein gut gepolsterter Gynstuhl steht darin, ein Irrigator hängt an der Wand. Das Licht ist gedämpft, die Luft so lau wie eine Sommerbrise. Auf einem Tisch liegen ein paar Utensilien.

Du ziehst dich nackt aus, nur die schwarzen High Heels lässt du an deinen zarten Füßen. Ich helfe dir auf den Stuhl, lege deine Beine in die Schalen und küsse sie. Vorsichtig streiche ich den Schuh von deinem rechten Fuß und küsse den Rist. Küsse weiter, bis ich an deinem großen Zeh angekommen bin. Der dunkelrote Lack glänzt im matten Licht und verführt meine Sinne.

Zärtlich nehme ich deinen Zeh in den Mund, sauge daran, lecke ihn genüsslich und lasse meine Lippen über die zarte Haut gleiten. Mein Atem streicht sanft zwischen den Zehen hindurch und du genießt jeden Lufthauch, den ich dir schenke.

Ich streife dir wieder den Schuh über, ziehe den Hocker heran und setze mich zwischen deine gespreizten Beine. Vorsichtig öffne ich deine Schamlippen und erfreue mich an dem Glanz, den deine feuchte Pussy ausstrahlt. Mit dem Zeigefinger gleite ich vom Eingang deiner Lusthöhle hinauf bis zur Perle, massiere sie sanft, gleite wieder zurück, dringe langsam in dich ein, ziehe den Finger zurück, hinab zu deiner Rosette.

Sie sieht so saftig und einladend aus, dass ich nicht anders kann, als sie genüsslich zu lecken, mit den Lippen zu massieren und vorsichtig mit der Zunge in sie einzudringen. Gleichzeitig vernehme ich dein Stöhnen. Du atmest schwer, bewegst dich leicht.

Meine Zunge leckt ein letztes Mal von der Rosette über deinen Lusteingang bis hinauf zur Perle. Sie nehme ich zwischen meine Lippen, sauge daran und gebe sie geräuschvoll frei.

Dann fülle ich warmes Wasser in den Irrigator. Du schaust neugierig zu und lächelst. Freust dich schon auf die warmen Wogen.

Ich setze mich wieder zwischen deine Schenkel, küsse sie beide und führe dir das offene Endstück des Wasserschlauches ein. Rasch öffne ich den Hahn und lasse den dicken Wasserstrahl in deine dunkle Grotte fließen. Ergötze mich an deiner Art, wie du die Luft einsaugst und anhältst. Massiere dabei meinen Knüppel, der bereits prall aufrecht steht.

Mit flinken Handbewegungen ziehe ich den Spülkopf zurück, schiebe ihn wieder vor und zurück. Das Wasser quillt aus deiner Pussy, fließt vermischt mit geilem Muschisaft über meine Beine. Ich rücke näher heran und leite es über meine Latte, sie sich schon nach dem weichen Fleisch deiner Weiblichkeit verzehrt.

Nachdem das Wasser versiegt ist, penetriert mein Harter dich ohne Vorwarnung. Du hebst dein Becken an, streckst es mir lüstern entgegen. Meine Hüften vollführen einen Tanz, möchten mich immer weiter in dich schieben, mich von deiner Weiblichkeit verschlungen sehen.

Doch ich halte inne. Es darf noch nicht vorbei sein. Zu kostbar ist der Augenblick. Ich lecke ein weiteres Mal über deine samtene Pflaume, widme mich gleich darauf deinen Brüsten, deinen hellen, harten Nippeln.

Du siehst mich an, verzehrst dich nach mir und bittest mich, dich noch ein wenig zu nehmen. Bettelst um einen Höhepunkt, flehst mich förmlich an. Dein Winseln tut gut, regt noch mehr Geilheit in mir an.

Ich nehme den Vibrator und lasse dich daran saugen. Genieße den erotischen Anblick deiner weichen Lippen, die sich an dem Luststab ergötzen. Stecke ihn dir in die Pussy und schalte ihn ein. Langsam ziehe ich ihn heraus, umkreise mit der vibrierenden Spitze deine Lustperle. Dein Bauch krampft sich zusammen. Deine Schenkel werden hart. Ein Orgasmus kündigt sich an.

Ich lasse den kleinen Helfer wieder in dir verschwinden. Jetzt vibriert er tief in dir. Ich stimuliere mit dem Daumen deinen Kitzler. Du biegst dich am Gynstuhl durch. Nur noch deine Schultern liegen auf dem Stuhl. Dein Becken reckt sich mir entgegen. »Bitte«, flüsterst du, »bitte ...«

Aber ich habe noch etwas anderes mit dir vor und lasse den Motor sterben. Du jammerst und raunst, führst die Finger an deine Lustperle, um dir selbst Erleichterung zu verschaffen. Aber das erlaube ich nicht. Nehme stattdessen ein kurzes Seil und binde deine Handgelenke zusammen. Mit einem zweiten Seil fixiere ich sie hinter dem Gynstuhl. Jetzt kannst du dich nicht mehr selbst befriedigen. Du windest dich. Ich erfreue mich an deiner Qual. Und ich werde mich noch länger daran erfreuen.

Auf dem Tisch liegen zwei Brustwarzenklemmen. Grinsend lasse ich sie vor deinen Augen baumeln.

»Nein«, hauchst du, »bitte nicht!«

Stumm nicke ich und setze sie dir an die harten Nippel. Du bäumst dich auf, seufzt, weil der süße Schmerz dir guttut.

»Bitte«, flüsterst du erneut. »Lass mich kommen. Ich gebe dir auch ein Geschenk dafür.«

Wissend nicke ich.

»Zuerst das Geschenk, dann den Höhepunkt«, fordere ich dich auf.

Du nickst.

Erneut setze ich mich auf den Hocker zwischen deinen Beinen, spreize deine Schamlippen und starre gebannt auf das glänzende, zarte Rosa. Ziehe deine Scham ein wenig nach oben. Im gleichen Moment schießt eine goldene Fontäne aus dir. Trifft mich direkt im Gesicht. Ich öffne den Mund. Lasse das heiße Nass von meiner Stirn über die Augen, die Wangen in den Mund fließen. Schlucke gierig den Saft. Pruste, um Luft zu bekommen. Reibe heftig meinen Schwanz. Ich kann nicht anders. Ich bin so geil.

Als deine Quelle versiegt, lecke ich den letzten Tropfen weg. Stehe auf und ramme dir meinen Kolben bis zum Anschlag in die Muschi. Ficke dich wie von Sinnen. Mein Schwanz ist zum Bersten prall. Dunkelrot und dick geädert. Er pumpt tief in dich. Und während du mit einem lauten Schrei kommst, ergießt er sich in dich. Beim letzten Stoß kralle ich meine Finger in dich, du die deinen in meine Unterarme.

Wir keuchen, stöhnen und ringen nach Luft. Wir sind erlöst.

Fasziniert starre ich auf den Bildschirm. Ein wahrer Poet! Er hat die Fähigkeit, ganz offen sein zu können. Und auch noch die richtigen Worte zu finden. Eigentlich kann ich gar nicht anders, als ihm diesen Wunsch zu erfüllen. Er hört sich mehr als geil an und ich würde diese Szene gern real erleben.

Ich war jetzt neugierig, wie es in seiner Mail weiterging. So schloss ich das Attachment und las seine Mail von Anfang an.

Hallo meine Geliebte!

Vielen Dank für deine Mail und vor allem, deine Offenheit.

Ich hatte schon Bedenken, dass du mich nach der NS-Geschichte für abartig erklären würdest und mich nicht mehr sehen willst. Jetzt bin ich sehr erleichtert.

Ich habe dir im Attachment eine Geschichte geschrieben. Es ist eine Fantasie von mir, die ich schon lange in mir trage, aber noch nie den Mut hatte, jemandem davon zu erzählen. Ich möchte dich bitten, sie jetzt sofort zu lesen, noch ehe du meine Mail zu Ende liest.

Ich finde es toll, dass du ebenfalls an Natursektspielchen Gefallen gefunden hast und es würde mich sehr freuen, wenn wir das Ganze vertiefen und ausweiten könnten. Meine Fantasien sind diesbezüglich grenzenlos und ich hoffe, die eine oder andere mit dir real werden lassen zu können.

Ich kann mir auch vorstellen, dass wir viel mehr Zeit miteinander verbringen könnten. Je mehr ich dich kennenlerne, desto blasser, unscheinbarer und vor allem langweiliger wird meine Frau. Sie hat für mich immer weniger Anziehungskraft und ich bin ungern in ihrer Nähe.

Du bist die faszinierendste Frau, die mir jemals begegnet ist und die mir wahrscheinlich auch jemals begegnen wird. Ich liebe dich!

Dein Dominik

Obwohl ich auf eine solche Antwort gehofft hatte, dachte ich niemals, dass ich sie bekommen würde. Ich war jetzt ebenso erleichtert wie er. Dass er allerdings die gleichen Ängste ausgestanden hatte, konnte ich nicht glauben, aber ich vertraute ihm. Lediglich mit dem letzten Satz hatte ich Probleme. Es war mir klar, dass er irgendwann kommen würde, aber ich wollte ihn dennoch nicht lesen. Es sah nämlich so aus, als würden sich daraus zukünftige Schwierigkeiten für mich entwickeln.

Einerseits wäre es natürlich wünschenswert, ihn frei zu sehen und öfter treffen zu können, andererseits keimten in mir

Bedenken, dass er sich zu einer Klette entwickeln könnte. Da ich aber im Moment von der Geschichte viel zu aufgekratzt war, wollte ich mich nicht weiter mit diesem Problem beschäftigen. Ich wusste nur, dass ich ihn nicht verlieren, aber auch nicht ständig in meiner Nähe haben wollte.

Vielleicht aber war es möglich, dass ich unser Verhältnis noch so lange hinauszögern konnte, bis ich wieder bereit für eine neue Beziehung war.

LESEPROBE:
AMY MORRISON
VOM MÄDCHEN ZUM LUDER

... Plötzlich war sie wieder da, diese wundervolle, vor Erregung berstende Gelassenheit, die mein Herz schneller und kräftiger schlagen und mein Atmen so viel tiefer und bewusster werden ließ.

LonelyHeart kletterte aus seinen Schuhen und Strümpfen und schlüpfte aus der Hose. Dann trat er, dabei meine beiden Hände haltend, einen Schritt zurück, um mich zu betrachten.

Und ich betrachtete ihn.

Sein dunkelblonder Wuschelschopf war inzwischen noch verwuschelter als ohnehin schon, seine Augen leuchteten lebendig, als sie mich von oben bis unten scannten, was seine schönen Lippen besonders breit lächeln ließ. Ihm gefiel, was er sah. Seine Schultern waren breit und gerade, seine Brust angenehm trainiert, so wie auch sein Bauch – kein Sixpack, aber flach. Die Beine waren am besten trainiert, vermutlich joggte er regelmäßig oder fuhr Fahrrad.

Wieder wurde ich leicht schüchtern. Denn die ganze Zeit hatte ich bewusst vermieden, ihm zwischen die Beine zu schauen. Fast wünschte ich mir jetzt ein bisschen, es wäre wie bei Flo: Licht aus und anfangen. Aber ich wollte es ja anders, als ich es mit Flo hatte. Also zwang ich mich, hinzusehen.

Er stand leicht nach oben gekrümmt von seinem Körper ab, war, wie ich vorhin erfühlt hatte, gänzlich rasiert und schien mir zuzunicken.

»Gefällt er dir?«

Oh ja, er gefiel mir! Er war kleiner als der von Flo ... was, nahm ich an, nicht so schwer war, weil der von Flo wirklich riesig war. Oftmals zu riesig für mein enges Kätzchen. Aber er sah reiner aus, vielleicht weil er rasiert war, vielleicht weil er in der Farbe heller war, und härter.

Ich nickte nur. Ich war viel zu erregt, um etwas sagen zu können. Ich wollte nicht, dass ich stotterte oder krächzte.

»Dann küss ihn, süße Prinzessin«, forderte er mich lächelnd auf. Einfach so.

Schamröte und Erregung zugleich schossen mir in den Kopf.

Ich hatte noch nie den Penis eines Mannes in den Mund genommen. Klar hatte ich davon gehört, dass man das wohl so tat. Die Meinungen meiner Freundinnen darüber waren geteilt. Die einen taten es, um dem Mann einen Gefallen zu tun, die anderen, weil es ihnen selbst sehr viel Spaß machte und es sie zusätzlich erregte. Ich selbst hatte es noch nie getan, zwar schon oft darüber nachgedacht, wie es sich wohl anfühlen und ob es mir gefallen würde, aber nie ausprobiert. Flo hatte mich nie darum gebeten oder es verlangt. Deshalb nahm ich an, dass er es nicht wollte. Und wenn er es nicht wollte, wollte ich es auch nicht unaufgefordert tun, um bei ihm nicht den Eindruck zu erwecken, versaut und verdorben zu sein.

Aber gereizt hatte es mich seit Jahren.

Und jetzt endlich sollte ich ... durfte ich.

LonelyHeart küsste mich auf den Mund, streichelte meine Brust ... und dann stand er wartend da. Nicht ungeduldig wartend, nein, lächelnd.

Das Herz schlug mir bis zum Hals.

Ich griff nach unten, fasste ihn an, vielleicht, um ihn mir vertrauter zu machen … um meine Angst zu verlieren. Gut fühlte er sich an – warm, hart, samtig, glatt. Mit der anderen Hand fasste ich nach seinen Hoden, streichelte sie mit den Fingerspitzen. LonelyHeart schloss genussvoll die Augen, atmete tief ein. …

Weitere erotische Geschichten:

Lisa Rome
Der NachBar

Eine Ehe ohne Lust,
Orgasmus & Leidenschaft!

Und dann kommt er …

Er gibt ihr das, was ihr fehlt:
Er macht sie hemmungslos,
er macht sie willenlos &
er macht sie geil!

Sandra Scott
Marcs TageBuch

Ich heiße Marc und bin Wissenschaftler. In Barcelona erforsche ich die Orgasmen von Studenten.

Wenn eine Testperson allein nicht zum Höhepunkt kommt, helfen meine Kollegin Isabelle und ich gern ein wenig nach …

Mit Isabelle teile ich nicht nur den Job, sondern auch die Wohnung und das Bett.
Allerdings ist nicht jeder darüber glücklich und schon bald passiert ein folgenschwerer Unfall …

Erotische Hörbücher:

Lucy Palmer
WellSex

Im Chateau Belleville erwartet Sie ein
Verwöhnprogramm der besonderen Art.

Stellen Sie Ihre LustWünsche
beim WellSex selber zusammen!

Ganz so, als würden Sie Ihre SexTräume
mit Fremden selber lenken können ...

Trinity Taylor
Die KlavierLehrerin

Bei den McIntyres laufen die
Klavierstunden anders ab, als
allgemein bekannt.
Vater und Sohn probieren
einfach gern aus ...

Lassen Sie sich von feuchten
Klavierstunden mit mehr
als vier Händen inspirieren ...

Lucy Palmer
LustSklavin

Die Besitzerin eines SM-Clubs
muss plötzlich selber ran,
als eine ihrer Sklavinnen ausfällt.

Sie trifft dabei ausgerechnet
auf ihren ehemaligen Herrn
und lässt sich von ihm
nur ungern zähmen ...